AF304321

Die deutsche Autorin **Jennifer Wellen** lebt derzeit mit Kind und Kegel im Ruhrgebiet. Seit 2010 schreibt sie neben ihrer Tätigkeit als wissenschaftliche Dozentin bevorzugt Liebesromane über starke, selbstbewusste Frauen, die mit beiden Beinen im Leben stehen und nicht unbedingt die reiche Millionärsnadel im Heuhaufen suchen.

Ein Hauch von Winterzauber

JENNIFER WELLEN

KAPITEL 1

Advent, Advent,
ein Lichtlein brennt!
Erst eins, dann zwei, dann drei, dann vier,
dann steht das Christkind vor der Tür.
Und wenn das fünfte Lichtlein brennt,
dann hast'e Weihnachten verpennt.

– Verfasser unbekannt –

MONA

Das Klingeln des Telefons klang wie ein Eindringling. Ich angelte nach dem Handy und nahm, noch während ich auf den Bildschirm meines PCs starrte, das Gespräch an. Die Stimme, die ich am anderen Ende hörte, ließ mich genervt aufseufzen, auch wenn ich sie nur noch selten hörte. Es war die Stimme meiner Schwester.

Herrgott noch mal! Wieso konnte meine Mutter eigentlich nicht akzeptieren, dass ich nicht mehr als nötig mit Lisa reden wollte?

Als habe meine Schwester meine Gedanken erraten, rief sie:

»Leg nicht gleich auf. Mama hat gesagt, ich soll dich anrufen und fragen, ob du vielleicht noch Hilfe brauchst.«

Ihre Aussage überraschte mich, weshalb ich nicht sofort wieder auflegte. Nicht die üblichen Spitzen über ihr fantastisches und mein planloses Leben.

»Hilfe? Wieso Hilfe? Wobei?« Ich klemmte das Handy zwischen Schulter und Ohr, während ich meinen Text überflog. Wenn ich mich beeilte, würde einer pünktlichen Abgabe des Manuskriptes nichts mehr im Wege stehen. Wenigstens dieses Mal!

Am anderen Ende der Leitung stöhnte Lisa leise auf. »Weil morgen Heiligabend ist, Mona. Deshalb! Oder hast du das etwa vergessen?«

Vor Schreck ließ ich beinahe das Telefon fallen. Heiligabend? Das konnte doch unmöglich schon morgen sein! Ich war doch erst vorgestern bei der Sparkasse gewesen, um die Miete zu überweisen, oder ...?

Schnell warf ich einen Blick auf das Datum rechts unten im Bild. Es bestätigte die Aussage meiner kleinen Schwester: Morgen war tatsächlich Heiligabend und ich kein einziges Stück darauf vorbereitet. Und ausgerechnet dieses Jahr war ich an der Reihe das Fest für meine Familie auszurichten. Mist, Mist, verdammter Mist!

Gut, dies war ja nicht das erste Mal, dass mir so etwas passierte. Über die Arbeit an meinem neuen Liebesroman hatte ich völlig die Zeit vergessen. Immerhin hatte Lady Chatterley endlich ihr Herz für Lord Worthington geöffnet und sich ihm auf einer blühenden Sommerwiese hingegeben. Also warum sollte ich dann auf so etwas Schnödes wie Daten achten, wenn die Liebe in meiner Geschichte Einzug hielt und …

Kurz gesagt – Zeit und Raum gerieten für mich völlig in Vergessenheit, wenn es um das Fertigstellen meiner Manuskripte ging. Nur Pinot, mein Jack Russell Terrier, sprang zwischendurch mit der Leine im Maul auf den Schreibtisch, um mich zu einem Spaziergang aufzufordern. Ohne ihn würde ich das Haus vermutlich nur einmal im Monat verlassen, um den Kühlschrank aufzufüllen, die Post reinzuholen und die Rechnungen zu bezahlen. Wobei ich auch mittlerweile darüber nachdachte, mir nicht nur meine Lebensmittel nach Hause liefern zu lassen, sondern auch mein Konto auf Onlinebanking umzustellen. Jede Minute, die ich außerhalb meiner Wohnung verbrachte, bedeutete doch verlorene Zeit. Für mich. Meine Manuskripte. Meine Romanhelden. Meine Leser.

Allerdings graute es mir auch davor, meine Konto- und Kreditkartendaten der Internetkriminalität frei Haus zu liefern, indem ich sie selber in irgendwelche Formulare eintippte. Ich unterdrückte einen gurgelnden Laut.

Diesmal handelte es sich leider nicht einfach nur um den vergessenen Geburtstag von Opa oder Lisas Auftritt bei einer Modenschau, sondern um Weihnachten. Um die Geburt Jesu, das Fest der Familie, das Fest der Liebe, das Fest der Besinnlichkeit!

Besinnlich? Pah! Nur eine Störung meines kreativen Schaffens, eine erzwungene Unterbrechung, ein gesellschaftlicher Zwang, ein … Egal. Fakt war, ich hatte ein Problem: Ich war null vorbereitet. Mist!

»Hallo! Mona? Bist du noch dran?«, hörte ich plötzlich Lisa.

»Keine Sorge«, log ich kurzerhand und sprang vom Schreibtischstuhl auf. »Ich habe alles im Griff. Sogar die Geschenke sind schon eingepackt.«

»Echt? Alles schon fertig?« Lisa klang etwas ungläubig.

Ich fühlte, wie die Wut in mir hochkroch, langsam und bedrohlich, einer schwarzen, großen Spinne gleich. Wenn ich eines nicht gebrauchen konnte, dann eine Standpauke, die am Ende wieder auf die Diskussion hinaus lief, wie unorganisiert ich angeblich war. Ich war alles andere als unorganisiert!

Ich wusste immer, wo ich die vollgekritzelten Klebezettel mit den Charaktereigenschaften meiner Protagonisten hingeklebt hatte. Ich speicherte jede Version meiner Kapitel fein säuberlich nummeriert auf dem Rechner ab und wusste genau, in welchem Unterordner die einunddreißigste Version zu finden war. Für meine Steuer hatte ich mir sogar extra einen großen Umzugskarton angeschafft, in dem ich das ganze Jahr über alle Belege und Rechnungen sammelte. Ich räumte sogar regelmäßig alle zwei Monate abgelaufene Lebensmittel aus meinem Kühlschrank! Und ich sollte nicht organisiert sein?

»Und was bekommen wir dieses Jahr geschenkt? Wieder Last-Minute-Parfum-Duschgel-Socken?«

Diese Ziege! »Stell dir mal vor – es sind richtige Geschenke und weder Duschgel, noch Parfum«, gab ich extra schnippisch zurück. Wenn ich mich sputen würde, würde ich es vielleicht sogar heute noch schaffen, welche zu besorgen. Um alles andere könnte ich mich auch morgen früh noch kümmern.

Mit dem Handy am Ohr hastete ich die Treppe herunter und stolperte beinahe über den Hund, der im Halbdunkel auf dem Teppich in der Diele schlief. Erschrocken sprang Pinot auf. Er kläffte.

»Okay, wann sollen wir dann morgen bei dir sein? Gegen vier, wie immer?« Lisas Stimme klang völlig entspannt. Kein Wunder. So wie ich sie kannte, hatte sie ihre Weihnachts-To-do-Liste schon Ende September komplett abgearbeitet. Selbst ihre Reisetasche, wenn sie zum nächsten Fotoshooting musste, packte sie nach einem speziellen Checklisten-System, damit sie nie etwas vergaß.

»Äh … ja, vier klingt gut.« Schnell schlüpfte ich in meine Schuhe.

»Sehe ich genauso«, stimmte sie mir zu. Sie klang immer noch ungläubig. Aber der würde ich es zeigen. »Wenn wir um halb acht fahren, reicht das locker um einen Parkplatz zu suchen und noch einen vernünftigen Platz weiter vorne zu bekommen.«

»Wieso willst du unbedingt vorne parken?« Immer ganz nach vorne als »First Face«, wahrscheinlich Berufskrankheit wie bei allen Models. Ich griff zur Handtasche, die auf dem Dielenschränkchen lag.

»Nein, die Sitzplätze. Du hast doch die Karten besorgt?«

Ich zuckte erneut zusammen. Verdammt! Das Weihnachtskonzert des Madrigalchores. Musik statt Mette. Unsere Familientradition.

»Um ehrlich zu sein …«, ich stockte. Wollte ich meiner Schwester wirklich die Genugtuung lassen, sich mal wieder bestätigt zu fühlen, dass ich nichts aber auch gar nichts auf die Reihe bekam? Für Lisa war Schreiben ja eine brotlose Kunst und ich die berufliche Versagerin, auch wenn ich mich ja eher als künstlerischen Freigeist bezeichnete. Nur weil sie ihr Leben mit durchgeplanten Sporteinheiten und peniblem Kalorienzählen verbrachte, hieß es ja nicht, dass ich es auch zu meinem Lebensmotto machen müsste. Aber weil ich genau das nicht tat, bekam ich aus ihrer Perspektive eben nichts auf die Reihe, weder im Job, obwohl ich immerhin vom Schreiben leben konnte, noch im Alltag noch in der Liebe. Bei Männern bekam ich ihrer Meinung nach sowieso nie was geregelt. Und wenn doch, dann suchte ich mir unter Garantie die Falschen aus – ihrer Meinung nach. Dabei war sie diejenige gewesen, die mir den Freund abspenstig gemacht hatte. Und wenn Mama nicht immer besänftigend intervenieren würde, würde ich vermutlich auch kein Wort mehr mit meiner Schwester wechseln. Ich war immer noch sauer auf sie. Und dazu hatte ich schließlich auch allen Grund. Und mir dann auch noch sagen lassen zu müssen, dass ich nichts auf die Reihe bekam, wo sie meine gesamte Lebensplanung über den Haufen geschmissen hatte?

Nein. Deshalb wollte ich nicht, dass meine Schwester dachte, ich sei unfähig fünf blöde Karten zu besorgen. Das wäre Grund genug für sie, wieder auf mir rumzuhacken, wie ein Specht auf einen morschen Baumstamm. Ich würde später anrufen und welche bestellen. Zur Not gab es ja auch noch Karten an der Abendkasse. Schließlich war die Kirche seit Jahren nur noch halbvoll.

»Also ... lasst euch doch einfach mal überraschen«, improvisierte ich mit wild klopfendem Herzen. »So, außerdem muss ich noch ein bisschen was vorbereiten und die Wohnung putzen. Wir sehen uns dann morgen um vier!«

Lisa verstand ausnahmsweise den Wink mit dem Zaunpfahl und verabschiedete sich mit einem sarkastischen Unterton, wie gespannt sie doch auf den Tannenbaum sei. Ich malte mir aus, wie ich sie in selbigen schubste, während sich die Nadeln in ihren schmalen Salathintern pikten. Allerdings war dies noch ein Punkt, um den ich mich kümmern musste: für mehr als Salat auf den Hüften meiner Schwester und dem Rest der Familie sorgen. Und dafür blieben mir lediglich – ich warf schnell einen Blick auf die Uhr an der Küchenwand – dreiundzwanzig Stunden. Verdammt!

***

DAVID

»Hey Pops! Wann kommst du mich morgen abholen?«
Stumm verdrehte ich die Augen und biss mir in die Faust. Tausendmal hatte ich meiner Tochter gesagt, sie solle mich nicht so nennen. Sie tat es trotzdem. »Davina, bitte. Pops hört sich immer so an, als könnte man mich zum Frühstück essen oder als wäre ich ein uralter Papagei. Kannst du mich nicht einfach Papa nennen, so wie andere auch?«
Am anderen Ende der Telefonleitung kicherte es. »Pops, du bist doch uralt. Außerdem bist du mein Papa, da kann ich dich nennen, wie ich will.«

Was sollte ich dem noch entgegensetzen? Eigentlich hatte ich es auch bereits aufgegeben, meiner Tochter in diesem Punkt ins Gewissen reden zu wollen. Sie war mit ihren sechzehn Jahren ganz schön vorlaut – so wie ihre Mutter.

»Also wann kommst du … Pops?«, versuchte sie es erneut. Ihr leises Kichern war eindeutig.

Seufzend drückte ich den Hörer mit meiner Schulter am Ohr fest, griff zu dem Midi-Tower, den ein Kunde vorhin als defekt in Reparatur gegeben hatte und löste beiläufig die erste Schraube. »Gegen sechs. Ich lasse einmal auf deinem Handy durchbimmeln. Kommst du dann runter?«

Das Aufstöhnen war unmissverständlich. »Ganz ehrlich? Ich finde das echt uncool. Meinst du nicht, du kannst Mom wenigstens Hallo sagen?«

Das versetzte mir einen Stich, was ein eindeutiges Zeichen war: Ich war auch nach zwei Jahren immer noch nicht ganz über die Sache hinweg. Aber wie auch – wenn man belogen und betrogen worden war. Ich hatte Ina zwar schnell nicht mehr geliebt, aber wütend war ich immer noch auf sie.

»Davina, ich klingel durch und du kommst runter, verstanden?« Mein Tonfall war schärfer als beabsichtigt, was mir augenblicklich leidtat. Meine Tochter konnte schließlich nichts dafür, dass meine Ex ein Miststück war.

»Okay, Papa.« Sie klang kleinlaut. »Und wohin willst du dieses Jahr gehen? Wie immer in die Kirche?«

Ich schraubte flink die drei weiteren Schrauben los und nahm das Seitenteil ab. »Hier um die Ecke gibt es ein Gospelkonzert. Wäre das was für uns? Vorher könnten wir beim Chinesen essen.«

»Gebongt«, ertönte es prompt. »Chinesisch klingt super.«

Ein Seufzen entrang sich meiner Brust. Innen war der Rechner nicht nur verstaubt, sondern auch völlig verklebt. Die Flecken sahen schwer nach Kaffee aus. Kein Wunder, dass das Ding nicht mehr laufen wollte. Ich legte den Schraubenzieher weg und griff zu der Packung mit den Reinigungstüchern.

»So, Pops, und jetzt hätte ich gerne noch einen Tipp.«

Bei uns beiden war es zwar zur Tradition geworden, dem anderen im Vorfeld Tipps zum Weihnachtsgeschenk zu geben. Es war aber auch gang und gäbe von Davina mich mit ihren Tipps völlig in die Irre zu führen, weshalb ich mich dieses Jahr endlich rächen wollte. Mittlerweile war sie alt genug für väterliche Vergeltung.

»Es ist schwarz und lang, doch der Schornsteinfeger ist es nicht.«

Am anderen Ende gackerte meine Tochter los. »Pops, du brauchst endlich eine Freundin, du guckst definitiv zu oft *Drei Haselnüsse für Aschenbrödel*.«

KAPITEL 2

Das Christkind ist total verwirrt,
sieht was auf Erden jetzt passiert:
»Was ist nur mit den Menschen los
Was soll die ganze Hektik bloß?
Bis jetzt hab ich in der Heiligen Nacht
doch immer alle Geschenke gebracht!
Nie war ich mit den Nerven nieder –
und geklappt hat es trotzdem – alle Jahre wieder!«

– Verfasser unbekannt –

MONA

Natürlich waren die Geschäfte am Abend vor Heiligabend pickepackevoll. Menschenmassen drängelten sich um die letzten Sonderangebote in den Schütten und die Schlangen an den Kassen ließen erahnen, dass ich mich sicher bis Ladenschluss hier würde durchkämpfen müssen. Und das, wo ich mein Manuskript fertig korrigieren müsste!

Im Arm hielt ich zumindest meine Beute des Raubzuges durch die Schreibwarenabteilung. Für meine Mutter, die regelmäßig Tagebuch schrieb, hatte ich eine hübsche Notizkladde sowie einen ergonomisch geformten Tintenroller ergattert. Meinem Vater würde ich einfach *Das Buch der 1000 Witze* und eine CD von Heinz Erhardt schenken. Er gab ständig Kalauer zum

Besten. Nur kannten wir leider schon alle Witze. Damit könnte er immerhin sein Repertoire erweitern.

Opa Günther würde sich sicher über das politische Buch von Thilo Sarrazin *Deutschland braucht den Euro nicht* und die warmen Wollsocken freuen. Er war ein klassisches Kriegskind, wo Weihnachten noch wirklich ein Fest der Liebe und nicht des Konsums gewesen war. Seine Geschichte der langersehnten Holzeisenbahn, die Urgroßvater damals eigenhändig geschnitzt hatte, ließ mich zumindest an Heiligabend noch eine Spur des Weihnachtsgedankens erahnen, der irgendwo zwischen der neunten Weihnachtsfeier und der zwölften Weihnachtskarte, die unbedingt pünktlich verschickt werden musste, verloren gegangen war. Weihnachten war wirklich nicht mehr das, was es mal war. Die Leute waren meist gestresst, wussten nicht, was sie schenken sollten und nahmen es in all der Hektik mit der Rücksicht und Nächstenliebe auch nicht mehr so genau. Ich wusste schon, warum mich der Geist von Weihnachten eher gruselte als erfreute. Schon allein der Gedanke, dass die Geschenke womöglich nicht den Erwartungen entsprachen …

Apropos Geschenk. Mir fehlte jetzt eigentlich nur noch ein passendes für Lisa, obwohl sie das alles andere als verdient hatte, aber des lieben Weihnachtsfriedens wegen … Nachdenklich schlich ich durch die Abteilung für Damenoberbekleidung und versuchte, etwas nach ihrem Geschmack zu finden, der meinem aber so gar nicht entsprach. Aber ich war hier wohl eh falsch. Dank ihres Modeljobs war sie klamottentechnisch gut ausgerüstet. Ganz im Gegensatz zu mir. Ich gehörte eher zur Modefraktion »bequeme Jeans, Sweatshirt und

Haarzopf«, während meine Schwester nur äußerst selten ungestylt aus dem Hause ging. Vielleicht sollte ich ihr doch lieber wieder ein teures Parfüm oder zur Abwechslung mal ein tolles Schmuckstück schenken. Ich drehte den Ständer mit dem Modeschmuck zum dritten Mal, als mein Handy plötzlich lossurrte. Das Geräusch ließ mich zusammenzucken. Dabei rutschte der Tintenroller von meinem Geschenkeberg herunter. Ich warf die restlichen Sachen schnell in eine Auslage mit Handschuhen, hob den Stift auf und angelte gleichzeitig in meiner Tasche nach dem Störenfried. Es war Vera, meine Agentin. Sicher wartete sie schon sehnlichst auf das fertige Manuskript, also eröffnete ich das Gespräch direkt mit den Worten: »Keine Sorge, ich brauche nur noch die Abschlusskorrektur machen und dann bin ich fertig.«

Vera lachte in den Hörer. Sie kannte mich schon seit zehn Jahren und wusste, wie perfektionistisch ich war. Deshalb reizte ich die vertraglich geregelten Deadlines oft auch aus. Selbst nach der dreißigsten Korrektur fand ich immer noch einen Kommafehler oder einen Satz, der umgestellt werden musste. Somit waren meine Deadlines oft Dead-Dead-Deadlines. Das gefiel den Verlagen aber nicht und damit Vera ebenso wenig.

»Alles klar. Ich habe nur gedacht, ich halte dich etwas an. Der 01.01. ist und bleibt Stichtag. Ich will mir nicht schon wieder was vom dp Verlag anhören müssen.«

Während Vera sprach, ließ ich langsam meinen Blick über den Ständer mit den Accessoires hinten in der Ecke gleiten und da erblickte ich ihn – einen dezenten Seidenschal in schwarz-rot.

»Natürlich. Wie gesagt, ich bin auch fast fertig. Ich musste nur kurz unterbrechen, um noch etwas zu besorgen.«

Ich zögerte. Wenn er mir gefiel, konnte er Lisa dann überhaupt gefallen? Aber er war perfekt. Absolut.

»Ach Mona, ich habe selten einen so verpeilten Menschen wie dich kennengelernt. Hast du mal wieder keine Weihnachtsgeschenke besorgt?«

»Äh das auch. Ich habe aber auch vergessen, das Weihnachtsfest für meine Familie zu organisieren. Dieses Jahr bin ich leider dran.« Ich lachte verlegen auf und warf einen weiteren Blick auf den Schal. Er würde ihr gefallen. Ganz sicher. Und ich konnte mich auch nicht daran erinnern, jemals einen ähnlichen Schal an ihr gesehen zu haben. Zur Not behielte ich einfach den Kassenbon, damit Lisa ihn umtauschen könnte. Trotzdem: Ein Hauch von Vorfreude keimte in mir auf.

Vera lachte laut auf. »Das ist mal wieder typisch für dich. Herrje Mona, du lernst aber auch nicht dazu. Das Leben spielt sich auch außerhalb der fiktiven Welt ab.«

Natürlich musste ich Vera indirekt recht geben. Gerade in den letzten zwei Jahren hatte ich mich immer mehr zurückgezogen, was sicher auch damit zusammenhing, dass Lisa sich mir nichts dir nichts meinen Freund gekrallt hatte. Bevor diese Sache mit Lisa und Leon passiert war, war ich tatsächlich gesellschaftsfähiger gewesen.

»Ja ja, mal sehen. Vielleicht nehme ich mir als guten Vorsatz fürs nächste Jahr vor, mich wieder mehr in die reale Welt zu integrieren.«

Jemand rempelte mich von der Seite an. Eine junge Frau ungefähr in meinem Alter. Und sie lief geradewegs auf den Ständer mit dem Schal zu. Mit Lisas Schal. Mit nur Lisas Schal. Verdammt. Dort hing doch nur der eine! Außerdem hatte ich Lisa am Telefon bereits vorgegaukelt, dass es dieses Jahr kein Duschgel gab. Diese Lüge wollte ich auf keinen Fall auffliegen lassen – schon gar nicht vor Lisa.

Wieder lachte Vera auf. »Gut dann störe ich dich jetzt nicht länger. Aber denk dran. Der erste Januar ist schneller da, als dir lieb ist.«

Die junge Frau näherte sich gefährlich dem Ständer mit dem Schal. »Bis dann Vera«, würgte ich meine Agentin ab und verstaute das Handy hastig in meiner Handtasche. Dann beschleunigte ich meinen Schritt. Um jeden Preis musste ich verhindern, dass mir jemand mein tolles Geschenk direkt vor der Nase wegschnappte. Die junge Frau sah skeptisch über die Schulter zu mir herüber. Mein Blick huschte unwillkürlich zu dem Schal und wieder zurück zu der Frau. Sie runzelte die Stirn. Das Aufflackern in den Augen meiner Kontrahentin war eindeutig: Sie wollte ihn auch.

Ich rannte los, meine Konkurrentin ebenfalls. Nur Sekunden später erreichte ich den Ständer und griff flugs zu dem Schal, um ihn an mich zu reißen.

Doch sie hielt ihn bereits fest umklammert. »Lass los, du blöde Kuh! Das ist meiner«, keifte sie mich sofort an.

Ich schnappte nach Luft. Was bildete sich diese Zicke eigentlich ein?

»Steht da irgendwo Ihr Name drauf? Ich habe ihn viel eher gesehen als Sie!« Ich versuchte, den Schal zu mir zu ziehen, doch die Ziege hielt kräftig dagegen. Für einen Moment glaubte ich sogar, die Nähte des Tüllstoffes reißen zu hören.

»Hier gilt aber nicht wer zuerst gesehen, sondern wer zuerst zugegriffen hat, bekommt's.« Der Stoff riss schmerzhaft an meiner Haut. Erstaunlich, was der dünne Seidenschal für Zugkräfte aushalten konnte. Damit könnte ich wahrscheinlich sogar mein Auto abschleppen.

»Hören Sie, meine Schwester ist Model. Da ist es verdammt schwierig, ein tolles Geschenk zu Weihnachten zu finden.« Ich versuchte, an das Mitgefühl der jungen Frau zu appellieren.

Ein höhnisches Grinsen tauchte in ihrem Gesicht auf. Mitgefühl war für sie anscheinend ein Fremdwort. »Erzähl das deinem Friseur oder Kosmetiker, Schätzchen, denn die hättest du beide bitternötig. Deine Schwester ist Model? Bist du adoptiert? Und jetzt lass endlich den verdammten Schal los.«

Schockiert ließ ich los. Kein Geschenk der Welt könnte so perfekt sein, als dass ich mich auf das Niveau dieser Frau herablassen würde. Sollte sie den Schal haben und glücklich damit werden. Auch wenn ich für Lisa jetzt etwas anderes finden musste. Aber meine Schwester hatte es definitiv nicht verdient, dass ich mich im Kampf um modischen Schnickschnack für sie aufs Übelste beleidigen lassen musste.

Herrgott. Warum ist Weihnachten denn bloß so ein blöder kalendarischer Imperativ? Wer bitte braucht schon Weihnachten oder eine linke Schwester, die einfach mit dem Freund ihrer Schwester ins Bett hüpft? Niemand. Und ich schon gar nicht.

Genervt lief ich zurück zu der Auslage und sammelte meine restlichen Geschenke wieder ein.

Alle Jahre wieder ...
... der gleiche doofe Weihnachtsmist.

***

DAVID

Im Kaufhaus steuerte ich direkt die Damenabteilung an. Ich wollte für Davina noch eine Kleinigkeit besorgen, in Schwarz, damit ich sie mit ihrem Geschenk etwas foppen konnte. Vorhin hatte ich ihr bei unserem Telefonat ja schon den Tipp gegeben, dass ihr Geschenk schwarz sei. Was natürlich nicht stimmte. Aber wenn ich ihr dann an Heiligabend zuerst ein paar schwarze Socken oder eine langweilige schwarze Mütze in die Hand drücken würde, wäre das sicher ein Heidenspaß für mich und ihre Freude über das neue Smartphone doppelt so groß.

Ich steuerte zunächst eine Auslage an, in der heruntergesetzte Handschuhe zu finden waren. Während ich in der Schütte nach einem altmodischen schwarzen Paar aus dicker, kratziger Wolle suchte, hörte ich zwei Frauen lautstark neben mir streiten.

»Lass los, du blöde Kuh! Das ist meiner«, schrie die große Blonde. Beide Frauen hielten jeweils die Enden eines schwarz-roten Schals umklammert und zogen wie wild daran herum. Tauziehen für Weihnachtsgestresste. Was für ein Zickenterror.

Die Kleinere von beiden hielt kräftig dagegen. »Steht da irgendwo Ihr Name drauf? Ich habe ihn viel eher gesehen als Sie!« Sie versuchte, das gute Stück nun zu sich

20

zu ziehen, sodass sogar die Nähte knirschten. Ich würde den Schal jetzt definitiv nicht mehr kaufen.

Die beiden keiften sich weiter an. Der Gesichtsausdruck der Blonden war furchterregend. Sie hatte die Augen zusammengekniffen und die Mundwinkel wie Lefzen zurückgezogen, womit ihre Zähne gefährlich aufblitzen. Also mit dem Pitbull würde ich mich auch nicht anlegen wollen.

»Hören Sie, meine Schwester ist Model«, jammerte die Kleine. Ich musterte sie genauer. Sie hatte ihr dunkelblondes Haar zu einem dicken Zopf geflochten, aus dem sich einige Strähnen gelöst hatten. Ihre Wangen waren gerötet. Der Ausdruck in ihren Augen hatte etwas Bittendes. Sie war mindestens anderthalb Köpfe kleiner als der blonde Pitbull. Kaum vorzustellen, dass sie eine Schwester in Modelgröße hatte. Irgendwie tat sie mir leid. Gegen den Pitbull hatte sie in meinen Augen keine Chance.

»Erzähl das doch einfach deinem Friseur oder Kosmetiker, Schätzchen, denn die hättest du beide bitternötig. Deine Schwester ist Model? Bist du adoptiert? Und jetzt lass endlich den verdammten Schal los.«

In diesem Moment wallte Wut in mir auf. Wut auf die gehässige Blonde mit dem Pitbullausdruck. Sicherlich war die Kleine keine gestylte Heidi Klum, aber sie war trotzdem hübsch. Auf eine verhaltene, nicht so offensive Art und Weise. Ihre dunkelbraunen Augen blickten trotz der verfahrenen Situation sanftmütig drein, ihre sommerbesprosste Nase war wirklich süß und ihre vollen Lippen zu einem verzweifelten Ausdruck verzogen. Für mich war sie eine natürliche Schönheit, die weder Schminke noch dieses Schickimicki-Teil, um das sie sich da stritten, nötig hatte. Sie wirkte auch ohne jeglichen Schnickschnack anziehend. Plötzlich ließ die Hübsche los und verlor das Kleidungsstück. Doch im selben Augenblick gewann sie auch etwas. Nämlich meinen Respekt. Die Klügere gibt eben nach.

***

MONA

Neunundzwanzig Kunden hatte ich vor mir in der Schlange an der Kasse gezählt. Seit geschlagenen fünfzehn Minuten stand ich bereits hier und war nur drei Plätze weiter aufgerückt.

Himmelherrgott noch mal, konnten die Leute ihre Geschenke eigentlich nicht mehr selber einpacken? Jeder Zweite ließ hier an der Kasse sein Geschenk in pompöses blaues oder rotes Papier mit noch pompöseren silbernen oder goldenen Monsterschleifen einwickeln. Und den beiden Mädels an der Kasse konnte man beim Arbeiten gleichzeitig die Schuhe neu besohlen. Wenn das so weiter ging, würde ich morgen früh noch hier stehen.

Ich spürte wieder dieses Brennen in mir aufsteigen, was ich immer bekam, wenn ich mich extrem gestresst fühlte. In der Zeit, in der ich hier wartete, hätte ich locker die ersten zehn Kapitel Korrektur lesen können. Immerhin hatte ich Vera versprochen diesmal pünktlich fertig zu sein. Und sie hatte recht. Bis Neujahr waren es ja nur noch wenige Tage.

Gerade nahm ein junger Mann sein eingepacktes Geschenk entgegen, während eine ältere Frau einen großen Plüschbären auf die Theke legte. »Kann ich den auch mit Kleingeld bezahlen?«, fragte sie und kippte, nachdem die Kassiererin beipflichtend genickt hatte, ihr Portemonnaie aus. Laut scheppernd fielen die Münzen auf die Kleingeldablage aus Plastik. Zur Krönung musste der Plüschbär nach dem Abzählen der Münzen natürlich auch unbedingt in blaues Papier verpackt und mit einer goldenen Schleife versehen werden, was die Einpackhilfe allerdings vor ein Problem stellte: Alle Papierbögen waren zu klein für den Bären.

Ich seufzte laut auf und trat unruhig von einem Bein aufs andere. Kurz bevor Lisa mich angerufen hatte, hatte ich einen Kaffee getrunken, der jetzt offensichtlich unbedingt wieder raus wollte.

Die Durchsage, der Laden schließe in fünfzehn Minuten, ließ mich daher erschrocken zusammenzucken. Was war denn mit den Kunden, die bis dahin nicht abkassiert waren?

»Tschuldigung?« Ich tippte dem älteren Herrn mit dem Hut direkt vor mir auf die Schulter.

Er drehte sich abrupt um und blaffte mich an. »Ja, wat is?« Seine aggressive Miene ließ mich stocken. Ich lächelte entschuldigend. »Äh, nichts, alles gut.«

***

DAVID

Nur Minuten später stand die Hübsche tatsächlich vor mir an der Kasse. Für einen Moment hatte ich mir überlegt, ihr hinterherzulaufen. In der Schütte mit den Handschuhen hatte ich tatsächlich den gleichen Schal gefunden, um den sich die beiden Mädels gestritten hatten. Eigentlich wollte ich ihn ihr bringen, doch irgendwie war ich mir doof dabei vorgekommen, und hatte ihn einfach dort liegen lassen. Mit den schwarzen Handschuhen für mein Töchterchen war ich dann Richtung Kasse marschiert.

Und nun stand sie direkt vor mir. Ungeduldig. Immer von einem aufs andere Bein tretend, den Kopf stur Richtung Kasse gedreht. Zwischendurch stöhnte sie leise auf.

Ob ihre Schwester wirklich Model war? Wenn ja, war es sicher auch nicht ganz einfach, immer in deren Schatten zu stehen. Verstohlen lugte ich über ihre Schulter, ob ich an ihrer Hand vielleicht einen Ring entdecken konnte. Doch ihre Rechte war unter dem Berg Sachen vergraben, den sie vor ihre Brust gepresst hielt. An der linken Hand trug sie keinen.

Wir rückten gerade in der Schlange auf, als eine Durchsage ertönte, der Laden schließe gleich. Dies versetzte mir wiederum einen Stich. In einer Viertelstunde würde ich sie vermutlich nie wieder sehen. Es sei denn ...

KAPITEL 3

Lieber guter Weihnachtsmann,
fragst mich, warum ich dich nicht leiden kann.
Die Antwort darauf ganz einfach ist,
mich nervt dein ganzer Weihnachtsmist …

– Verfasser unbekannt –

MONA

Zehn Minuten später stand ich immer noch auf dem gleichen Fleck und der Bär war immer noch nicht verpackt. Mir taten die Beine weh, mein Kreuz schmerzte, aber schlimmer noch, ich musste jetzt wirklich dringend mal wohin. Irgendwie hatte ich plötzlich das Gefühl beobachtet zu werden, aber bei diesen Menschenmassen vielleicht auch keiner Wunder. Ich blickte nach rechts und links, aber das einzig Verdächtige war das dämlich grinsende Rentier gegenüber der Kasse, das bei jedem vorbeilaufenden Kunden »Ho, ho, ho merry Christmas« schmetterte. Am liebsten hätte ich das Vieh ja am Geweih gepackt, auf den Boden geworfen und mit Wonne darauf herumgetrampelt, bis das es keinen Laut mehr von sich gegeben hätte. Doch ich tat es natürlich nicht, sondern sah mich stattdessen genervt um. Nicht mal eine Toilette war irgendwo in Sicht. Aber wenn ich nun wegen so etwas Lapidarem wie meiner vollen Blase aus der Reihe tanzen würde, wären meine Geschenke sowieso verloren. Endgültig. Und das konnte ich definitiv nicht zulassen.

***

DAVID

Sollte ich oder sollte ich nicht? Herrgott. Ich konnte doch nicht einfach eine wildfremde Frau in einem Kaufhaus ansprechen, oder? Ich wusste ja nicht einmal, ob sie nicht womöglich verheiratet war, oder sogar Kinder hatte. Vielleicht sollte ich sie einfach auf den Schal ansprechen, der sicher immer noch in der Auslage mit den Handschuhen lag. Das wäre zumindest unverfänglich.

Plötzlich hatte ich Davinas Stimme in den Ohren. »Wer nicht wagt, der nicht gewinnt, Pops. Du weißt doch, wer runter fällt, soll schnell wieder aufs Pferd steigen.« Doch ich konnte dem Spruch nichts abgewinnen. Mittlerweile war ich schon zwei Jahre wieder solo, eines davon offiziell geschieden. Aber den Verrat meiner Ex hatte ich immer noch nicht ganz verwunden.

Ich schüttelte die unangenehmen Gedanken ab und richtete meine Aufmerksamkeit wieder auf die Hübsche vor mir. Sie hibbelte ziemlich rum. Geduld war wohl nicht gerade ihre Stärke. Sollte ich oder sollte ich nicht?

***

MONA

Die Geschäftsführung teilte den Kunden gerade über eine Durchsage mit, dass die Verkäuferinnen nun alles per Hand aufschreiben und abrechnen müssten. Das Kassensystem war angeblich ausgefallen. Das war der Moment, an dem ich tatsächlich notgedrungen aus der Reihe tanzte, weil meine Blase kurz vor der Sprengung stand. Die Geschenke ließ ich wehmütig in einer Weihnachtsschütte mit Parfüm und Duschgelangeboten für Späteinkäufer wie mich zurück und nahm mir vor, einfach später alles zu Hause online zu bestellen. Per Expresslieferung. Hätte ich eigentlich auch gleich drauf kommen können. Duschgel gibt's schließlich auch im Internet.

***

DAVID

Plötzlich war sie weg. Hatte einfach ihre Sachen in eine Auslage geworfen und das Weite gesucht. Konnte ich sogar verstehen. Ich hatte auch keine Lust mehr, mir hier an der Kasse die Beine in den Bauch zu stehen. Warum musste auch ausgerechnet kurz vor Feierabend noch das Kassensystem ausfallen? Vielleicht sollte ich denen mal ein Angebot über absturzsichere Software unterbreiten.

Na ja, sicher war es besser so, dass die Hübsche weg war. Nachher hätte ich mich noch blamiert. Schließlich hatte ich seit zwanzig Jahren kein Mädchen mehr angesprochen. Ina hatte ich in der Schule kennengelernt und mir schon damals einen abgebrochen, sie zu fragen, ob wir mal zusammen ins Kino gehen würden. Jetzt war ich zwar erfahrener und älter, doch die Angst sich zu blamieren ist nach wie vor geblieben. Also was, wenn die Hübsche mir womöglich einen Korb gegeben hätte – wegen ihres Mannes?

Ich seufzte leise auf und rückte in der Schlange ein Stück vor. Trotzdem schade. Sie war verdammt süß.

KAPITEL 4

Wenn es kälter wird und schneit,
dann ist das Christkind nicht mehr weit –
doch trotz des Klangs der Weihnachtsglocken –
es fallen keine weißen Flocken!
Und wenn das Christkind, weil von Schnee es
träumt,
den Weihnachtsabend dann versäumt?
Darum wir bitten: »Mach uns froh,
lieber Petrus, let it snow!«

– Verfasser unbekannt –

MONA

Die ersehnte Erleichterung bekam ich beim Burgerrestaurant etwas weiter die Straße rauf. Und weil ich schon mal da war, bestellte ich mir auch gleich ein großes Sparmenü, um meine Nerven zu beruhigen.

Apropos Essen. Dies war ein weiterer Punkt auf meiner Liste, der wohlüberlegt sein wollte. Ich ließ ja sogar Spaghettiwasser anbrennen. Und Spaghettiwasser konnte ich meiner Familie unmöglich vorsetzen. Schon gar nicht angebrannt.

Zum Glück hatte der Supermarkt bei mir um die Ecke bis 22 Uhr geöffnet. Dort würde mir sicher etwas ins Auge stechen. Ein Fertigbraten. Oder Fertigpizza. Oder so etwas. Hoffentlich fiel dort dann nicht auch noch das Kassensystem aus. Aber so viel Weihnachtspech konnte eigentlich selbst ich nicht haben.

***

DAVID

Während ich zurück zum Auto lief, surrte mein Handy in der Innentasche meiner Jacke los. Ich griff hinein, holte es hervor und warf einen Blick aufs Display. ›Miststück‹ ruft an.

Abrupt blieb ich stehen. Der Kloß in meinem Magen wurde rasend schnell zu einem tonnenschweren Medizinball. Mein Herz klopfte schneller. Was bitte wollte sie? Ina rief mich nie persönlich an, weil wir meist gleich in Streit gerieten. Alles was nötig war, klärten wir also über Davina unser auserkorenes Sprachrohr. Wieso also rief sie jetzt an?

Das Schellen wurde penetranter. Warum legte sie denn nicht wieder auf? Aber anscheinend wollte sie mich unbedingt sprechen, denn das Telefon klingelte unbeirrt vor sich hin. Das bedeutete, es musste wichtig sein. Seufzend und mit zusammengekrampften Magen drückte ich schließlich auf ›Gespräch annehmen‹. »Was willst du?«

»Dir auch einen schönen guten Abend, David.«

Ich schnaufte auf. »Lass den Smalltalk, Ina. Willst du mehr Unterhalt für unsere Tochter? Oder mich doch eher zu deiner Hochzeit einladen?«, ätzte ich los.

Am anderen Ende stöhnte meine Ex-Frau in den Hörer. »David bitte. Meinst du nicht, wir können endlich einen Schlussstrich unter die Sache ziehen?«

Meine Hand, die das Handy hielt, krampfte sich so fest um das elektronische Gerät, das es schmerzte. »Nein. Definitiv nicht!«

»Es ist zwei Jahre her, verdammt.« Ina klang ungehalten. »Du musst mir nicht gleich um den Hals fallen oder mir die Füße küssen. Aber ich finde, du könntest dich wenigstens wie ein erwachsener Mensch benehmen und mal Hallo sagen, wenn du unsere Tochter abholst.«

Nun kroch der Wutmedizinball schmerzhaft meine enge Speiseröhre hinauf. Für sie war es natürlich ein Leichtes, zu sagen, ich solle mich wie ein erwachsener Mensch verhalten. Immerhin war sie mir fremdgegangen und hatte die Ehe wegen ihres neuen Freundes beendet. Nicht ich. Was bedeutete, sie war schon viel länger über mich hinweg. Sprich schon lange vor unserer Scheidung. Und ich Dummerchen hatte nie etwas davon mitbekommen.

»Bevor ich hochkomme und dem Typen, der dich neuerdings durchvögelt, die Hand schüttele, friert eher die Hölle zu.« Damit drückte ich einfach auf ›Gespräch beenden‹.

KAPITEL 5

Treibt der Wind im Winterwalde
die Flockenherde wie ein Hirt,
und manche Tanne ahnt, wie balde
sie fromm und lichterheilig wird.
Sie lauscht hinaus. Den weißen Wegen
streckt sie die Zweige hin – bereit,
und wehrt dem Wind und wächst entgegen
der einen Nacht der Herrlichkeit.

– Rainer Maria Rilke –

MONA

Auf dem Weg zu meinem Auto kam ich an einem Weihnachtsbaumverkauf vorbei. Der junge Mann packte gerade alles zusammen. Ob ich es wagen sollte, ihn vielleicht noch schnell nach einem Baum zu fragen? Dann könnte ich mir morgen früh auf jeden Fall einen Weg sparen. Perfekt!

Ich ging auf den Mann zu. »Entschuldigen Sie? Könnte ich vielleicht noch einen Baum bekommen?«

Der Verkäufer blickte auf. In seinen Augen bemerkte ich sofort diesen genervten Ausdruck, den zurzeit alle mit sich herumtrugen. Er seufzte auch gleich herzergreifend. »Klar, warum nicht, ist ja nicht so, dass vielleicht jemand zu Hause auf mich wartet oder ich auch gerne mal Feierabend hätte. Ich stehe erst seit heute Morgen hier in der Kälte.« Den ironischen Unterton konnte ich förmlich spüren. *We wish you a merry Christmas* galt für ihn wohl nicht gerade! »Also: Nordmann, Blaufichte oder Edeltanne? Zwanzig, dreißig oder vierzig Euro? Mit Ballen oder lieber ohne?«, leierte er herunter.

Erleichtert zog ich mein Portemonnaie aus der Tasche und sah vorsichtig hinein. »Egal was, aber für maximal fünfzehn Euro, mehr Geld habe ich leider nicht dabei.« Und mehr müsste ich auch nicht ausgeben. Immerhin würde ich die Fichte ja direkt nach Weihnachten gleich wieder entsorgen.

Der Verkäufer sah mich an und zog die Augenbrauen hoch. »Fünfzehn Euro? Sind Sie sich sicher?«

Ich nickte zustimmend. »Oder kann ich hier etwa mit Karte zahlen?«

Der Kerl rollte mit den Augen, stöhnte auf und ging schließlich langsam die Reihen entlang. Dabei murmelte er leise vor sich hin. Ich glaubte dabei sogar ein ›Schlimmer die Kunden nie spinnen‹ herauszuhören. Hin und wieder holte er einen Baum hervor, besah ihn sich, um ihn dann aber gleich darauf wieder wegzustellen.

Schließlich zog er einen knapp siebzig Zentimeter hohen Baum heraus. Er nickte wohlwollend. Dann kam er mit der Tanne auf mich zu. »Bitte sehr, eine schöne Blaufichte für fünfzehn Euro. Ich hoffe nur, Sie haben genug Kugeln für das Monstrum hier.«

Bestürzt sah ich mir den Baum an. Er war nicht nur klein und krumm, sondern auch total dünn. Obwohl ...

Wenn ich ihn ordentlich schmücken würde, wäre ihm sicher nicht mehr anzusehen, dass er kaum Äste hatte. Und was die Größe betraf, würde ich ihn einfach auf das kleine Ecktischchen im Wohnzimmer stellen. »Ich nehme ihn.«

»Ganz sicher?«

Ich nickte wieder und lächelte sogar.

»Gut, wie Sie wollen.« Kopfschüttelnd verpackte der Verkäufer den Baum schließlich in ein Nylonnetz und hielt ihn mir hin.

Hastig drückte ich ihm das Geld in die Hand und schnappte mir meine Beute. Wenigstens gab es nun ein Weihnachtsproblem weniger.

***

DAVID

»Könnte ich vielleicht noch einen Weihnachtsbaum bekommen?« Der Verkäufer, vermutlich ein Student, der sich in der Weihnachtszeit was hinzuverdiente, verzog das Gesicht. »Wieso kommen alle Leute eigentlich erst dann, wenn ich Feierabend machen will?« Empört stemmte er die Hände in die Hüften.

»Entschuldigung. Ich kann auch morgen früh wiederkommen«, gab ich stirnrunzelnd zurück.

Er kam näher und schüttelte den Kopf. »Quatsch, auf die zwei Minuten kommt es jetzt auch nicht mehr an. Ich stehe sowieso schon seit heute Morgen um acht hier in der Kälte.«

Er griff in seine Bauchschürze und holte eine Kellnerbörse hervor. »Also: Nordmann, Blaufichte oder Edeltanne? Zwanzig, dreißig oder vierzig Euro? Mit Ballen oder lieber ohne?«

Ich zögerte. Bislang war ich immer jemand, für den nichts unter drei Meter Nordmann ins Wohnzimmer kam. Doch seit der Trennung fragte ich mich wirklich, wofür noch so viel Geld ausgeben. Davina war mit ihren Sechzehn beinahe erwachsen, wohnte auch nicht mehr bei mir und glaubte weder an den Weihnachtsmann noch das Christkind oder die Zahnfee. Somit würde eigentlich auch ein kleiner Baum ausreichen. »Kleine Blaufichte ohne Ballen, maximal fünfundzwanzig Euro.« Dem Kerl klappte umgehen die Kinnlade hinunter. »Ist nicht wahr oder?«

Ich zuckte entschuldigend mit den Schultern. »Für mich allein reicht's.«

Seufzend drehte er sich um und lief kopfschüttelnd die Reihen ab. Dabei hörte ich ihn leise vor sich hinmurmeln »Schlimmer die Kunden nie spinnen, als zur Weihnachtszeit.«

KAPITEL 6

MONA

Gans wäre gut. Die könnte ich doch einfach im Ofen braten lassen und gleichzeitig dabei mein Manuskript korrigieren. Dazu Rotkohl und Klöße, die schnell gemacht wären und jeden in meiner Familie zufriedenstellen würden. Perfekt! Und zur Vorspeise einfach ein paar Cracker mit verschiedenen Käsesorten. Dekoriert mit weihnachtlichen Fähnchen. Zur Nachspeise Schokopudding aus der Tüte mit Sahnehäubchen und Vanillesoße. Jawoll.

Hastig schob ich den Einkaufswagen durch die Gänge, wich dabei den langsameren Kunden aus und schmiss ohne Rücksicht auf Verluste alles hinein, was ich für das Drei-Gänge-Menü morgen benötigen würde. Zum Glück konnte ich wenigstens im Supermarkt mit Karte bezahlen.

Doch an der Kasse gab es eine ebenso verdächtig lange Warteschlange wie im Kaufhaus, womit mir klar wurde, dass ich mit meiner Manuskriptkorrektur sicher eine Nachtschicht einlegen müsste. Hatte ich eigentlich noch genug Kaffee im Haus?

***

DAVID

Eigentlich war Weihnachten schön. Eigentlich. Doch seit der Trennung von Ina war Weihnachten nicht mehr dasselbe.

Seufzend hängte ich den letzten selbstgebastelten Strohstern von Davina an einen der Zweige und begutachtete mein Werk. Der Baum war klein, gerade mal achtzig Zentimeter hoch. Der Schönste war er zudem auch nicht. Doch mit der Deko fielen die dürren Zweige gar nicht mehr so sehr ins optische Gewicht und irgendwie passte der Baum auch perfekt zu meiner miesen Stimmung.

Schließlich griff ich noch zu dem Kristallengel, der oben auf die Spitze kam. Gedankenverloren betrachtete ich ihn. Früher, als Davina noch klein war, war es immer ihre Aufgabe zu Heiligabend gewesen. Ich hatte sie hochgehoben, während sie mit leuchtenden Augen den Engel auf die Spitze gesetzt hatte. Ina hatte unterdessen das Essen in der Küche vorbereitet. Früher war es anders gewesen. Schöner.

Besinnlicher.

Nun war es nicht mehr besinnlich, sondern eher mein persönlicher Weihnachtshorror. Ich will nicht wissen, wie viele Weihnachten Ina mich mit ihrem Typen hintergangen hatte, wenn sie angeblich auf der Weihnachtsfeier im Betrieb gewesen war.

Ich stand auf und setzte das gute Stück heftiger als geplant auf die Spitze, dass sogar ein paar Nadeln zu Boden rieselten. Just in diesem Moment bimmelte mein Handy los. Vor Schreck zuckte ich zusammen. Wenn ich eines nicht wollte, dann noch mal mit meiner Ex sprechen. Oder überhaupt mit irgendjemandem sprechen. Doch das Display verriet mir, dass es diesmal Tobias war. Wäre er nicht mein bester Freund und würden wir uns nicht schon seit der Schule kennen, würde ich sicher nicht drangehen. Lieber wollte ich mich einsam in meiner Weihnachtsdepression suhlen. Dennoch nahm ich ab.

»I wanna wish you a merry Christmas«, schallerte er mir auch direkt ins Ohr, sodass ich trotz allem schmunzeln musste. Er konnte einfach nicht singen. »Was steht an, Dave, gehen wir beide einen heben?«

Stirnrunzelnd raffte ich die leeren Verpackungen vom Tannenbaumschmuck zusammen. »Jetzt noch?«

Tobias lachte. »Klar, wann sonst? Oder bist du etwa schon verabredet? Mit der Einsamkeit vielleicht?«

Okay, Tobias kannte mich eben besser, als mir lieb war.

Nun lachte ich auf. »Ach was, mit meiner Couch und dem neuen Dan Brown. Also nix Langeweile.

Außerdem muss ich morgen noch mal in den Laden.«
Den Hörer an die Schulter gepresst schnappte ich mir
die Kartons und verstaute sie auf ziemlich unelegante
Weise in dem Besenschränkchen in der Diele. Gut, dass
der Schrank eine Tür hatte.

»Echt? Morgen ist doch Heiligabend.«

»Das heißt aber nicht, dass ich die Zeit ungenutzt lassen kann. Ich habe noch mehrere Aufträge, die allesamt bearbeitet werden müssen. Und fertige Aufträge
bedeutet nun mal Bares.«

Tobias am anderen Ende räusperte sich »Komm
schon, nur für ein oder zwei Bier. Mir zuliebe.«

»Sonst hast du doch auch keine Probleme damit allein
zu gehen.« Langsam lief ich zurück ins Wohnzimmer
und betrachte den Baum mit etwas Abstand. Er sah
aber aus der Ferne genau so schrecklich aus wie aus der
Nähe – total kümmerlich. Außerdem sah es auch so
aus, als würde der Baum sich auf der einen Seite unter
all dem Lametta leicht zur Seite neigen.

Tja! Nix mit *O Tannenbaum, du bist so herrlich anzuschauen.*

»Zur Weihnachtszeit allein zu sein ist aber keine Option. Vor allem, wenn Mann Single ist, oder nicht?«

Da musste ich Tobias allerdings zustimmen. Die letzten zwei Feste waren auch für mich alles andere als prickelnd gewesen. »Also gut, aber nur für ein Stündchen.« Ein Bierchen in Gesellschaft wäre sicher schöner, als auf der Couch zu sitzen und ständig den Weihnachtsbaumschmuck überladenen Winzbaum im
Auge zu haben.

»Yes«, jubelte Tobias ins Telefon. »Ich hole dich in einer halben Stunde ab.«

KAPITEL 7

Liebes Christkind, ich hab' hier
nur ein kleines Stück Papier.
Doch 'nen Wunsch den hab' ich nicht.
Steht's mir denn gar nicht im Gesicht,
dass ich froh und glücklich bin?
Dies ist doch der wahre Sinn!
Drum schreib' ich auf dies Stück Papier:
»Christkind, ach, ich danke Dir!«

– Verfasser unbekannt –

MONA

Ich war stolz. Nie hätte ich wirklich gedacht, dass der Baum so hübsch werden konnte. Mit Schleifenband hatte ich die dünnsten Stellen kaschiert, während der Weihnachtsstern optimal die schiefe Spitze verdeckte. Insgesamt war der Baum nicht gerade preisverdächtig, für meine Familie aber wesentlich mehr, als sie von mir erwarten würden.

Die Geschenke hatte ich vorhin allesamt trotz meiner Skepsis bezüglich der immensen Cyberkriminalität bestellt und per Express-Lieferung angefordert, die morgen früh pünktlich um zehn eintrudeln würde. Das

Ganze natürlich für einen horrenden Aufpreis, der es mir wegen der Dringlichkeit aber wert war. Leider hatte ich den Schal für Lisa nicht mehr bekommen. Stattdessen hatte ich für sie eines dieser Activity-Armbänder gefunden, das ihre Herzfrequenz registrierte, Kalorien zählte und sich per Bluetooth mit dem Smartphone verband. Das würde ihr gefallen. So könnte sie ihren Magermodelfreundinnen gleich über einen Facebookpost mitteilen, dass dem nächsten Spargelstangencasting kein Gramm Fett mehr im Wege stehen würde.

Somit müsste ich mich morgen eigentlich nur noch um eines kümmern – das Weihnachtsessen zubereiten. Kinderspiel!

Zufrieden griff ich zur Hundeleine. »Komm Pinot, auf zur letzten Runde.« Gleich danach würde ich mich an die Korrekturen wagen. Schlafen könnte ich ja auch noch nach Weihnachten. Alles schläft einsam wacht, galt wohl also nicht nur der Heiligen Familie.

***

DAVID

Als die Rothaarige mir an den Hintern grapschte, und mir mit alkoholgeschwängertem Atem ins Ohr lallte, sie wäre total scharf auf mich, wusste ich, es war Zeit nach Hause zu gehen. Die zwei Bier hatten leider nicht ausgereicht, um mir auch nur eines der Mädels aus der johlenden Sekretärinnengruppe, die vor einer halben Stunde hier in unserer Stammkneipe eingeflogen war, schön zu saufen. Außerdem ging mir irgendwie die

Hübsche aus dem Kaufhaus nicht aus dem Kopf. Trotz meiner zwei Bier. In diesem Moment ärgerte ich mich tierisch darüber, dass ich so feige gewesen war und sie nicht doch angesprochen hatte. Nachdem der Kerl in der Schlange an der Kasse sie so angeblafft hatte, habe ich es nicht mehr gewagt. Dennoch – auch auf die Gefahr hin, einen Korb zu bekommen, hätte ich es zumindest probieren müssen. Aber diese Chance hatte ich gnadenlos verstreichen lassen, ich Angsthase.

»Tobi, ich hau ab«, sagte ich deprimiert und klopfte vor ihm auf den Tisch. Er hatte einiges über den Durst getrunken und hing gerade mit seiner Zunge im Mund einer Schwarzhaarigen. Er hob die Hand zum Abschied, ohne sich stören zu lassen.

Ich nahm meinen Deckel und ging zur Theke, um zu bezahlen. Kurz bevor ich die Kneipe verließ, hakte die Rothaarige sich bei mir unter. »Nimmsuumischmit?«

Ein Blick in ihre Augen verriet mir, dass sie, selbst wenn ich sie mit nach Hause nehmen würde, nicht einmal mehr in der Lage dazu wäre, meine Jeans zu öffnen. Außerdem törnte sie mich total ab. Frauen, die sich so anbiedern, waren schrecklich. Und betrunkene Frauen, die sich anbiedern, noch viel mehr. Ich hatte noch nie etwas dafür übrig. Ganz im Gegensatz zu Tobias, dem der Promillepegel wohl völlig egal war.

»Lass mal stecken«, gab ich zurück und löste mich aus ihrem Schraubzwingengriff. Sie kicherte dümmlich und schwankte ein wenig, als ich sie zurückschob. Meine Güte, die war echt voll wie eine Haubitze. Eigentlich hatte ich Skrupel sie in diesem Zustand alleine zu lassen. Wer weiß, wer das ausnutzen würde. Aber wer saufen kann, sollte auch für die Konsequenzen geradestehen. Lieber starrte ich zu Hause meine mitleiderregende Möchtegernweihnachtsfichte an, als in ihre vom Alkohol getrübten Augen.

KAPITEL 8

Eine winzig kleine Laus
saß einst im Bart des Nikolaus'.
Sie zwickt ihn hier, sie zwickt ihn dort,
will er sie packen, hüpft sie fort.
Da schimpft der alte Nikolaus
mit dieser frechen kleinen Laus!
Er geht ins Bad, macht schnipp und schnapp,
die Laus erschrickt, der Bart ist ab!

– Verfasser unbekannt –

MONA

Ich schreckte aus dem Schlaf hoch. Mein Herz raste und mein Mund war ausgetrocknet wie die Sahara. An meiner Wange klebte ein Post-it. Auf der Schreibtisch-unterlage war ein feuchter Fleck zu sehen. Ich entfernte das Post-it und klebte es an den Rechner. ›Überprüfe Liebeserklärung in Kapitel 23. Show – don't tell‹. Über die Korrektur des vorletzten Kapitels musste ich wohl auf dem Schreibtisch eingeschlafen sein. Doch dann war ich aufgewacht, weil mein Ex Leon mir im Traum oder eher noch Albtraum erschienen war.

Zitternd stand ich auf, schlich deprimiert und mein schmerzendes Kreuz massierend in die Küche, um mir einen Kaffee zu kochen. Pinot lag schnarchend in der Diele auf dem Wollteppich.

Diesen Traum hatte ich schon ein paar Mal gehabt und leider war an ihm sogar ein Körnchen Wahrheit: Vor zwei Jahren hatte Leon mich mit meiner Schwester betrogen. Und genau wie vorhin in meinem Traum war er damals vor mir gestanden, hatte mir verzweifelt alles gebeichtet. Als er mir in diesem Moment gestanden hatte, dass er schon länger mehr für meine Schwester empfunden hatte, zerbrach für mich nicht nur meine Welt, sondern auch mein Herz.

Ironischerweise konnte ich ihn sogar verstehen. Lisa sah um Längen besser aus als ich. Ich war mehr der unauffällige mausbraune Typ. Meine Schwester dagegen mit ihren vier Jahren jünger, der schlanken Figur und dem pechschwarzen Haar zog immer alle Blicke auf sich. Zudem kam Lisa viel herum, war beruflich oft auf Events, während ich durch meine zunehmend erfolgreichere Arbeit mehr und mehr zur einsamen Schreibtischtäterin mutiert war. Das hatte oft zu Streit geführt. Daher hätte es mir eigentlich auffallen müssen, das da etwas nicht stimmte. Oft hatte Leon gefragt, ob wir was unternehmen würden und wenn ich keine Zeit vorgaukelte, weil ich einfach keine Lust hatte, war Lisa diejenige gewesen, die ihn begleitete. Doch ich war immer davon ausgegangen, er würde sich einfach nur gut mit ihr verstehen. Dass er mit ihr sogar den Matratzentango getanzt hatte, hatte ich nicht geahnt. Aber mal ehrlich, nur weil ich nicht so eine Salonlöwin und hübsch war wie Lisa, war es dennoch kein Grund, mich mit meiner eigenen Schwester zu betrügen. Das dazu auch noch an Weihnachten – dem Fest der Liebe, was für Leon scheinbar eine völlig andere Bedeutung gehabt hatte als damals für mich.

Daraufhin hatte ich ihm kurzerhand den Laufpass gegeben und aus dem Haus geworfen. Seitdem war ich Single. Konnte nur einen einzigen Kerl in meinem Bett verbuchen – Pinot. Doch seit dieser Sache wollte ich sowieso lieber für mich sein. Zog mich noch mehr zurück und erfand stattdessen lieber fiktive Kerle. Ich fand nämlich, mit Männern ist es wie mit Weihnachtsgeschenken – entweder sie gefallen einem auf Anhieb, oder eben nicht.

Und die Helden aus meinen Romanen gefielen mir. Viel besser sogar als die Echten. Je mehr ich die echten verschmähte, desto besser wurden meine Romanhelden, weil ich sie mir genau nach meinen Idealvorstellungen zusammenbasteln konnte. Lord Worthington aus meinem aktuellen Roman würde ich jedenfalls in echt nicht von der Bettkante schubsen.

Mit meiner Schwester hatte ich deswegen über ein Jahr lang nicht gesprochen. Dass sie es tatsächlich gewagt hatte, mir den Kerl auszuspannen, war für mich mehr als Grund genug ihr die Schwesternschaft aufzukündigen. Doch dann hatte meine Mutter interveniert. Sie hatte von uns verlangt, dass wir uns endlich wieder vertragen würden, da die Situation die gesamte Familie belastet hatte. Wenn Lisa nämlich kam, kam ich nicht und umgekehrt. Zähneknirschend hatten wir uns dann bei einem von meiner Mutter arrangierten Treffen kurz vor dem letzten Weihnachtsfest die Hand gereicht. Seitdem reden wir zwar wieder miteinander, aber nur das Nötigste oder eher: nichts. Bis zu dem von unserer Mutter eingefädelten angeblichen Anruf mit Hilfsangebot. Nur damit Weihnachten nicht wieder künstlicher Frieden herrschte ...

Mit der Tasse in der Hand lief ich ins Arbeitszimmer und versuchte das Vergangene zu verdrängen. Mein Manuskript rief schließlich nach mir. Ein Kapitel und der Epilog noch, dann wäre ich endgültig fertig. Und dann würde ich zum ersten Mal in meiner Schriftstellerkarriere meinen Roman schon Tage vor Ablauf der Vertragsfrist abgeben. Da würde Vera aber staunen.

***

DAVID

Auf dem Weg zum Laden begann es plötzlich zu schneien. Schneeflocke um Schneeflocke segelte vom grauen Himmel hinab. Leise rieselt der Schnee ...

Ich war gespannt, ob er diesmal liegen bleiben würde. Meist war es nicht kalt genug, sodass er recht schnell zu Matsch wurde und am Tag darauf schon wieder weggetaut war. Aber vielleicht gab es ja zur Abwechslung dieses Jahr weiße Weihnachten.

Ich schloss den Laden auf und drehte das »Geöffnet«-Schild herum. Müde ging ich nach hinten, um mir einen Muntermacherkaffee zu kochen. Irgendwie hatte ich nicht so gut geschlafen. Sonst träumte ich eigentlich nie, doch diese Nacht war es ziemlich heftig gewesen. Im Traum war mir die lallende Rothaarige erschienen, die sich erst mit ihren Händen in meiner Hose verirrt und dann zur Krönung noch mit der Hübschen um den Designerschal gestritten hatte. Nicht nur das mich die Vorstellung davon, wie die betrunkene Rothaarige mir in die Hose greifen würde, geängstigt hatte. Nein. Auch der Streit zwischen den beiden, der darin geendet war, dass die Rothaarige die Hübsche am Ende mit dem Schal strangulieren wollte und dabei verblüffende Ähnlichkeit mit dem Miststück bekommen hatte, hatte mich des Nächtens etwas aus der Bahn geworfen und den weiteren Schlaf erfolgreich verhindert.

Mit der dampfenden Tasse Kaffee ging ich wieder zurück in den Laden und besah mir in meinem Auftragsbuch, was noch zu erledigen wäre. Da heute Heiligabend war und die meisten Leute im letzten Moment ja noch einkaufen gingen, erwartete ich nicht viel Laufkundschaft. Womit ich einige Reparaturen geschafft bekommen sollte, die schon länger auf dem Plan standen.

Als Erstes nahm ich mir die defekte externe Festplatte vor. Sie war einem jungen Mädchen heruntergefallen, weshalb sie nun nicht mehr darauf zu greifen konnte. Natürlich waren darauf extrem wichtige Daten gespeichert. Wie sollte es auch anders sein. Ich verstand sowieso nicht, warum die Menschen mit ihren Daten allgemein so fahrig umgingen. Es gab viele Leute, die entweder gar keine Datensicherungen machten oder aber viel zu wenige. Daten sollten immer mehrfach gesichert sein, idealerweise mit verschiedenen Speichermedien. Vor allem wenn sie zweckdienlich sind.

Ich griff seufzend zu dem Schraubenzieher und der Zange. Leider musste ich, um an den Inhalt der Festplatte zu kommen, das gesamte Plastikgehäuse aufbrechen. Um mir die Sache angenehmer zu machen stellte ich mir einfach meine Ex dabei vor.

Nachdem ich sämtliche Daten der kaputten Festplatte auf meinen Rechner überspielt hatte, brannte ich umgehend eine Sicherungskopie davon auf CD und rief das Mädchen an, um ihr mitzuteilen, sie könne ihre gesavten Daten bei mir abholen kommen. Außerdem legte ich eine schocksichere und erschütterungsfeste Festplatte bereit, die ich ihr für einen günstigen Preis anbieten wollte.

Während ich mir schließlich den nächsten Auftrag vornahm, die Aufrüstung eines Rechners mit einer neuen Grafikkarte, schellte mein Handy. Es war Tobias. Vermutlich endlich aus dem Kümmerling-Kneipen-Koma erwacht.

»Morgen«, knurrte er Joe Cocker gleich in den Hörer.

Ich grinste etwas schadenfroh. Sicher hatte er einen Megakater. Oder eher noch eine ausgewachsene Großkatze. Selbst schuld. Er wusste nie, wann gut war. »Was ist? Dröhnt dein Schädel?«

Tobias hustete. »Herrgott, aber so was von. Und ich weiß nicht mal, wie ich nach Hause gekommen bin.« Er stöhnte auf. »Schiri, weißt du vielleicht, wo mein Auto steht?«

Ich lachte auf. Noch lebhaft konnte ich mich an die Situation erinnern, als ich damals mit ihm zum zehnjährigen Klassentreffen gefahren bin. Da er sturzbetrunken war, hatte ich ihn mit seinem Auto nach Hause gebracht und es auf einem Parkplatz um die Ecke geparkt, weil direkt vor der Tür nichts mehr frei war. Mit dem dramatischen Effekt, dass Tobi am anderen

Morgen aufgelöst bei mir angerufen hatte, sie hätten angeblich seinen altersschwachen Omega geklaut.

»Menschenskinder, Tobi, ich bin doch noch vor dir gefahren. Mit dem Taxi. Also steht deine Karre vermutlich direkt vor der Kneipe. Es sei denn, du bist besoffen gefahren, was ich aber nicht glaube.«

Mein Freund ächzte. »Hast du etwa die Rothaarige mit den langen Beinen abgeschleppt?«

Ich seufzte. »Daran kannst du dich noch erinnern?«

Tobi lachte auf. »Klar. Also was ist, hast du oder hast du nicht? Also abgeschleppt und versenkt meine ich!«

Ich griff zu dem Karton mit der Grafikkarte und packte sie schon mal aus. »Nö. Bin ganz allein nach Haus. Du weißt, das ist nichts für mich. Bin ja schließlich kein Abschleppdienst.«

Am anderen Ende der Leitung schnaufte mein bester Freund in den Hörer. »Herrgott, David, du bist solo. Was bitte, außer einer ansteckenden Geschlechtskrankheit, spricht gegen einen One-Night-Stand mit einer willigen Tippse?«

Ich verzog das Gesicht. »Die Tatsache, dass die so voll war, dass sie vermutlich beim Pinkeln nicht einmal mehr das Loch im Klo getroffen hätte.«

»Egal. Hauptsache du triffst noch das Loch. Alles andere ist doch schnurz.«

Genervt schüttelte ich den Kopf. Ich mochte Tobias' derbe Ausdrucksweise nicht. Aber so war er nun mal. Vielleicht war er auch deswegen nicht in der Lage, eine ernste Beziehung zu führen. »Nicht jeder muss gleich alles flachlegen, was nicht bei drei zurück im Büro ist, oder?«

Tobias seufzte auf. »Ganz ehrlich, Dave? Mit der Einstellung wirst du noch zwanzig Jahre ungebumst bleiben. Ich finde, du musst langsam mal über Ina hinwegkommen und lernen, das Leben zu genießen.«

Stirnrunzelnd griff ich zum Schraubenzieher, um den Tower aufzuschrauben. »Was soll das denn heißen?«

»Ganz einfach. Du trauerst immer noch deiner Ex hinter her. Das meine ich damit. Hoffst du, dass sie ihren neuen Typen irgendwann wieder abserviert und reumütig zu dir zurückkommt? Hebst du dich für sie auf?« Tobias Stimme klang ziemlich ungehalten.

»Spinnst du? Wir sind seit einem Jahr geschieden!« Als ob da noch was zu retten wäre. Außerdem war Ina definitiv bei mir unten durch. Die Erkenntnis, dass sie ein Miststück war, war spät gekommen, aber gewaltig. Ich warf den Schraubenzieher wütend zurück in die Werkzeugkiste. Es klirrte leise, als er auf die Halogenleuchte traf, die plötzlich einen Riss im Glas aufwies.

»Eben! Warum schaffst du es dann nicht mal, ein Mädel abzuschleppen? Wenigstens für eine Nacht!« Tobias' Stimme klang augenblicklich noch etwas ärgerlicher.

Ich seufzte auf. »Weil mich das Mädel ansprechen muss, bestenfalls im nüchternen Zustand, verstehst du?« In diesem Moment schoss mir das Bild der Hübschen in den Kopf. Wie sie mit dem Schal dagestanden hatte, der schockierte Blick, als der Pitbull sie angefahren hatte. In meinem Bauch krampfte sich alles zusammen. Mist. Wieder bereute ich es, sie nicht angesprochen zu haben.

»Und warum kannst du dann Ina nicht gegenübertreten?«

Darauf wusste ich leider nichts zu erwidern. Er hatte ja irgendwie recht. »Weißt du was, Tobias? Heute ist Weihnachten und da will ich mich nicht streiten. Schon gar nicht mit meinem besten Freund. Also, bis morgen.« Und damit würgte ich ihn einfach ab.

KAPITEL 9

All I want for Christmas is … Osterhase zu sein!

– Jennifer Wellen –

MONA

»Tut mir leid. Die Karten waren schon letzte Woche ausverkauft.« Pfarrer Matthäus' Stimme klang ehrlich betrübt.

Ich wechselte hastig den Hörer von einem zum anderen Ohr und griff zum Schneebesen, um die Milch durchzurühren, die gerade schäumend hochkochte. »Aber sonst gab es doch immer noch welche an der Abendkasse.«

»Leider haben wir nicht immer alle Karten verkauft und deswegen haben wir uns in diesem Jahr einfach gesagt, weniger Karten, kleinere Location. Wir haben lieber ein volles Gemeindehaus als eine halbleere Kirche, verstehen Sie? Und was weg ist, ist eben weg.«

Schnell nahm ich den Topf von der Herdplatte und schüttete das Fertigpulver für den Schokopudding hinein.

»Okay, danke, da kann man wohl nichts machen. Wir werden dann einfach nächstes Jahr wieder dabei sein. Frohe Weihnachten.«

Ich beendete das Gespräch und legte den Hörer weg. Mit dem Schneebesen rührte ich die Milch kräftig durch. Sekunden später sah ich jedoch den Schlamassel: Klümpchen. Auch das noch.

Wütend pfefferte ich den Schneebesen in die Spüle, sodass der Schokopudding an die weißen Fliesen spritzte. Keiner mochte gerne Pudding essen, der aussah wie braunes Erbrochenes. »Verdammt noch mal! Wer hat sich den Scheiß eigentlich ausgedacht? Wir feiern die Geburt eines Balgs, dessen Existenz nicht einmal wissenschaftlich bewiesen ist! Und seit Hunderten von Jahren der gleiche Schrott!« Ich wusste nicht, für wen ich diese Tirade eigentlich gehalten hatte, aber ich hatte sie gehalten. Nachdrücklich knallte ich den Topf auf die Spüle. Dann gab es halt keinen Nachtisch. Zucker war eh ungesund und so!

Zur Sicherheit sah ich schnell nach der Gans. Meine Familie konnte zwar sicherlich auf die Nachspeise verzichten, aber nicht auf den Hauptgang. Ich bestrich den Vogel ein paar Mal mit dem Bratensud und schloss den Backofen. Zumindest die Gans war okay. Gott sei Dank.

Damit war es Zeit für ein kurzes Zwischenfazit:

Geschenke waren angekommen – Check.

Baum besorgt und geschmückt – Check.

Essen – Check (jedoch ohne Pudding).

Konzertkarten –? Stattdessen würde ich einfach Kerzen anzünden, die Boney M. Weihnachts-CD spielen und den Kaffee-Karamelllikör herumreichen, den ich gestern noch gekauft hatte. Und bei mir zu Hause saß man garantiert in der ersten Reihe und musste nicht einmal einen Parkplatz suchen. Das sollte ja wohl auch Lisa verstehen.

✳✳✳

DAVID

Meine Gedanken fuhren Achterbahn. Tobias war mit Davina und Ina bereits der dritte diese Woche, der mich dazu aufforderte, über die Trennung endlich hinweg zu kommen. Und dass ich es nicht war, zeigte mein Verhalten, meine Ex zu meiden, als sei sie mit Ebola infiziert. Aber ich ging ihr nicht aus dem Weg, weil ich, wie Tobias postulierte, eifersüchtig war und Ina irgendwann wieder zurückwollte. Nein, ich war so verletzt darüber, dass sie mich nach knapp fünfzehn Jahren Beziehung einfach gegen einen Typen aus dem Büro ausgetauscht hatte. So mir nichts, dir nichts. »Das ist mein Neuer« und das war's. Damit kam ich nicht klar. Mit ihrem abgebrühten Verhalten. Zumindest hätte ich mir gewünscht, dass sie mit mir zusammen über Alternativen spricht, zum Paartherapeuten gegangen wäre oder wir uns auf anderem Wege wieder zusammengerauft hätten, doch das Einzige, was sie dazu sagte, war: »Es tut mir leid, aber wir haben uns nach all den Jahren irgendwie auseinandergelebt.« Und deswegen sollte sie sich auch nicht wieder mit mir zueinanderleben. Basta.

Klar nach fünfzehn Jahren war nun mal nicht mehr alles eitel Sonnenschein. Zumal Ina und ich füreinander die ersten Partner gewesen waren. Aber es war auch nicht alles so kaputt, als dass wir nicht hätten daran arbeiten können. Immerhin verbanden uns fünfzehn Jahre, ein Kind und viele Erlebnisse. Das darf man doch nicht einfach so wegwerfen. Und als ob das alles nicht schon genug gewesen wäre, war sie mir mit dem Typen über Jahre hinweg fremdgegangen. Damit hatte sie mir endgültig den Todesstoß versetzt. Mich quasi als Bienenallergiker an einen Bienenstock gefesselt, um diesen dann ordentlich mit einem Knüppel zu bearbeiten. Aber vielleicht war es wirklich an der Zeit einen Schlussstrich zu ziehen. Es war vorbei. Wir waren geschieden. Hatten uns in unsere neuen Leben eingefunden. Und eigentlich war Ina mir doch auch völlig egal. Und ihr neuer Typ sowieso. So what ... Ich hoffte, mir das einen Tages selbst zu glauben.

KAPITEL 10

Strahlend wie ein schöner Traum,
steht vor uns der Weihnachtsbaum.
Seht nur, wie sich goldenes Licht
auf den zarten Kugeln bricht.
»Frohe Weihnacht« klingt es leise
und ein Stern geht auf die Reise.
Leuchtet hell vom Himmelszelt
hinunter auf die ganze Welt.

– Verfasser unbekannt –

MONA

Das Manuskript war fertig korrigiert. Ich klickte auf den Button »Datei speichern«. Vor Freude sprang ich von meinem Schreibtischstuhl auf und lief in die Küche, wo ich für solche Momente immer einen Piccolo im Kühlschrank stehen hatte. Ich köpfte den Sekt und trank den Piccolo auf Ex aus. Wahnsinn. Das war also schon mal in trockenen Tüchern. Gott sei Dank. Leicht beduselt vor Euphorie ließ ich mich wieder am Schreibtisch nieder. Jetzt musste ich nur noch schnell eine E-Mail an meine Lektorin tippen, meine Agentin in CC setzen und …

Nichts, der Computer reagierte nicht mehr. Der Bildschirm schien wie festgefroren. Zuerst haute ich ein paar Mal auf die Entertaste, bevor ich alle anderen durchprobierte und schließlich seufzend den Rechner durch Gedrückthalten der Powertaste wieder herunterfuhr. Diese Zicken kannte ich schon von meiner alten Möhre. Langsam wurde es scheinbar Zeit für einen neuen Laptop.

Ich drückte den Powerknopf erneut, um den Rechner wieder hochzufahren, und stand auf, damit ich in der Zwischenzeit nach der Gans sehen konnte. Der Flattermann brutzelte schön vor sich hin. Braves Vögelchen.

Als ich zurück zum Rechner kam, war der Monitor aber immer noch schwarz. Mit dem Finger fuhr ich über das Touchpad, drückte die Leerzeichentaste, doch der Bildschirm blieb schlicht und ergreifend dunkel.

Ich spürte, wie die Panik in mir aufstieg. Einen kaputten Rechner konnte ich mir in diesem Stadium des Manuskriptes echt nicht leisten. Es musste dringend raus. Spätestens aber zum 01.01. Wenn ich die vertraglich gesetzte Deadline, wieder mal nicht einhalten würde, bekäme ich richtig Ärger mit meinem Verlag. So richtig Ärger, meine ich. Und nicht nur das, Vera würde mir vermutlich auch an die Kehle springen.

Aber egal wie sehr ich den Rechner auch anflehte, anblaffte oder einfach nur anschrie, er rührte sich nicht. Nicht ein winziges Flackern wollte er mir schenken. Hektisch sah ich nach den Steckern. Womöglich war nur das Ladekabel nicht richtig in die Steckdose eingesteckt und der Akku leer. Das passierte mir ja ständig. Aber das Lämpchen am Netzteil leuchtete auf und die Stecker waren auch allesamt in Ordnung.

»Komm schon, Mona, denk nach«, murmelte ich und begann in meinem Schreibzimmer auf und ab zu laufen. Zu allem Überfluss kam nun auch noch Pinot angerannt. Demonstrativ hielt er mir die rote Lederleine hin. »Nicht jetzt, du dummer Hund«, fauchte ich ihn an.

Pinot ließ die Leine fallen. Der Metallkarabiner klapperte, als er auf das Parkett fiel. Demonstrativ schob mir der Jacky mit seiner Schnauze die Leine zu.

»Och bitte, kann das nicht warten? Ich habe weitaus größere Probleme als deine volle Blase.«

Ich richtete mich auf und fuhr mir mit beiden Händen nervös durch die Haare. Verdammter Mist, als ob ich mit diesem beschissenen Weihnachtsfest nicht schon genug gestraft wäre. Und ich blöde Nuss hatte nicht einmal eine Datensicherung gemacht. Vera wird mir vermutlich die Gurgel umdrehen. Verdammt.

Just in diesem Moment schellte natürlich mein Handy auf dem Schreibtisch. Ein Blick und ich zuckte zusammen. Wenn man vom Teufel spricht!

Aufgelöst nahm ich das Gespräch an.

»Ich warte immer noch«, teilte Vera mir umgehend mit. Ihre Stimme klang dabei ein wenig ungehaltener als gestern.

»Vera, bitte setz mich nicht so unter Druck. Du weißt da werde ich störrisch wie ein Kind, das zu Weihnachten nicht ein Teil davon bekommt, was es auf seiner sechs Seiten langen Weihnachtswunschliste fein säuberlich aufgeschrieben und ans Christkind gemailt hat.«

Meine Agentin lachte trocken auf. »Aber ich muss dich doch antreiben. Wenn ich dir nicht regelmäßig in den Ohren liege, vergisst du nachher, mir das

Manuskript rechtzeitig zu schicken. Ich kenne dich doch. Und du weißt, wir haben, was die Gunst betrifft, beim dp Verlag so ziemlich alles ausgereizt.«

Mein Herz klopfte direkt einen Ticken schneller beim Anblick des immer noch schwarzen Monitores. Verdammt!

»Es ... äh ... ist ja fertig, ich muss es dir jetzt nur noch schicken«, stotterte ich und haute noch ein paar Mal auf die Entertaste, die aber an der schwarzen Mattscheibe nichts änderte. Dass ich zwar noch nicht wusste, wie ich nun an das fertige Manuskript kommen sollte, ließ ich in diesem Moment meiner Agentin gegenüber lieber unerwähnt.

»Aber heute ist Heiligabend und ich muss noch das Essen vorbereiten. Vermutlich ... äh ... wird es erst morgen oder übermorgen was. Reicht doch noch, oder?« Dies würde mir zumindest etwas Zeit verschaffen.

Ich stand auf und lief um den Schreibtisch herum, um die Verkabelung an der Steckdose zum gefühlt hundertsten Mal zu überprüfen. Ob es vielleicht die Dose war? Könnte die nicht auch kaputt sein? Hastig zog ich den Stecker vom Ladegerät heraus, presste das Handy mit der Schulter am Ohr fest und lief mit dem Rechner in der Hand einen Meter weiter zur nächsten Steckdose neben der Tür. Die Hoffnung stirbt bekanntlich zuletzt.

»Kommt deine Schwester eigentlich auch?«

Doch auch hier: Lampe brannte, aber Laptop startete nicht.

Ich seufzte auf. »Ja, leider. Du weißt doch, meine Mutter steht auf Friede, Freude und Eierkuchen«, erwähnte ich beiläufig und lief mit dem Laptop zurück zum Schreibtisch.

»Ganz ehrlich, Mona? Ich bewundere dich. Ich wüsste nicht, ob ich meiner Schwester das hätte verzeihen können.«

Mit Tränen in den Augen ließ ich mich zurück auf den Schreibtischstuhl fallen. Meine hinterlistige Schwester war gerade wirklich mein geringstes Übel. Klar hatte sie mir den Verlobten ausgespannt und schaffte es bei jeder Gelegenheit, mich auf die Palme zu bringen. Aber vielleicht hatte sie zumindest mit einer Sache auch recht. Vielleicht war ich tatsächlich unorganisiert. Denn wenn ich es nicht wäre, hätte ich doch zumindest gestern oder vorgestern mal eine Datensicherung gemacht, oder?

Habe ich aber nicht. Ehrlich gesagt wurde mir gerade siedendheiß klar, dass es von meinem Manuskript nicht eine einzige Kopie gab. Weder auf CD noch auf einer Festplatte. Jemand der organisiert war, hätte doch sicher irgendwo eine Kopie angelegt.

»Weißt du was, Vera?« Ich blickte gehetzt auf die Uhr an der Wand. »Meine Familie kommt in drei Stunden. Bis dahin muss ich alles fertig haben. Also ich schicke dir einfach nach den Tagen das Manuskript. Versprochen. Ich wünsch dir ein paar schöne Feiertage.« Ich hoffte darauf, dass sie den Wink mit dem Zaunpfahl verstand. Und das tat sie.

»Dir auch ein paar besinnliche Tage«, gab Vera zurück. »Ach und Mona ... frohe Weihnachten.«

KAPITEL 11

Welch Geheimnis ist ein Kind!
Gott ist auch ein Kind gewesen.
Weil wir Kinder Gottes sind,
kam ein Kind, uns zu erlösen.
Welch Geheimnis ist ein Kind!
Wer dies einmal je empfunden,
ist den Kindern überall
durch das Jesuskind verbunden.

– Clemens von Brentano –

MONA

Pinot kläffte auffordernd. Solange bis ich endlich genervt aufstöhnte und zur Leine griff. »Schon gut, schon gut, du hast ja gewonnen.«

Vielleicht hatte der Hund da sogar recht. Ein bisschen frische Luft täte mir sicher auch ganz gut. Dieser ganze Weihnachts- und Manuskriptstress nervte mich dermaßen, dass ich kaum noch klar denken konnte. Der Rechner tat keinen Mucks mehr, was bedeutete, ich müsste ihn nach den Feiertagen zur Reparatur bringen. Doch jetzt konnte ich erst mal nichts tun, außer wütend den schwarzen Monitor anzustarren. Und das hatte ich doch lange genug getan. Ohne irgendeinen Erfolg. Anscheinend war das elektronische Teil nicht auf Verzweiflungshypnose ausgelegt.

Mit dem Hund verließ ich das Haus und lief hoch Richtung Park. Während ich den Weg entlangging, fiel mir plötzlich ein Ladenschild auf: Computerreparaturservice. Das Geschäft war mir vorher nie aufgefallen, was sicher daran lag, dass ich noch nie einen Reparaturservice gebraucht hatte. Aber das war doch genau das, was ich nun benötigte. Einen Helfer in der Not, der meine digitalen Daten retten würde. Hoffnung keimte in mir auf.

Aus diesem Grunde drückte ich spontan die Tür auf. Es bimmelte über mir. Hastig sah ich mich um. Aber es war keiner da.

Ich trat ganz ein. »Hallo? Können Sie mir vielleicht sagen, wie lange Sie heute auf haben?«, rief ich auf gut Glück in den Laden hinein. Vielleicht könnte ich meinen Rechner hierher bringen und man könnte mir heute noch helfen. Oh, bitte, ja.

»Bis zwei«, meldete sich eine Stimme aus dem Hintergrund. Das reichte mir. Wenn ich schnell mit Pinot eine Runde durch den Park drehen und dann den Rechner holen würde, könnte ich es noch schaffen. Na, wenn das nicht ein Wink des Schicksals war. Hastig verließ ich den Laden, um mit dem Hund kurz durch den verschneiten Park zu rennen und dann meinen schwächelnden Laptop zu holen.

***

DAVID

Das Letzte was ich noch erledigen wollte, bevor ich offiziell in den wohlverdienten Weihnachtsurlaub ging, war der Rechnungsabschluss. Ich hatte ihn wohlweislich schon vorbereitet. Deshalb lief ich nach hinten ins Lager, um die Aktenordner mit den benötigten Unterlagen nach vorne zu holen. Hinter der Theke hatte ich mir einen Reparatur- und Büroplatz eingerichtet, um während der Arbeiten den Laden im Augen behalten zu können. Schließlich verkaufte ich auch Soft- und Hardware in der Ausstellung, die einiges wert war.

Ich trat durch die Pendeltür und griff mir hastig die Aktenordner ›Fertige Aufträge‹ sowie ›Rechnungsübersicht 2015‹. Während ich mir gerade überlegte, ob ich noch etwas brauchen würde, hörte ich, wie die Ladentür bimmelte. Oha, doch noch ein Kunde. Sicher einer, der ein digitales Last-Minute-Weihnachtsgeschenk suchte.

»Hallo? Können Sie mir sagen, wie lange Sie heute geöffnet haben?«, ertönte eine weibliche Stimme. Mir kam sie irgendwie bekannt vor, doch einordnen konnte ich sie nicht recht.

»Bis zwei«, rief ich zurück und beeilte mich, meine Aktenordner zu schnappen, um aus dem Lager zurück in den Laden zu kommen. Doch als ich durch die Pendeltür hindurch trat, war der Laden wieder leer.

KAPITEL 12

Zeit für Liebe und Gefühl,
heute bleibts nur außen kühl!
Kerzenschein und Plätzchenduft,
Weihnachten liegt in der Luft

– Verfasser unbekannt –

DAVID

Es war kurz vor zwei, als ich mich dazu entschloss endlich Feierabend zu machen. Ich hatte Davina versprochen, sie um sechs abzuholen, und wollte vorher noch kurz unter die Dusche springen sowie ihre Geschenke einpacken.

Hastig fuhr ich den Rechner herunter und ging nach hinten ins Lager, um das Licht zu löschen. Die nächsten zehn Tage wollte ich den Laden nur im absoluten Notfall betreten. Seit vier Jahren war dies mein erster richtiger Urlaub. Der Laden hatte gerade am Anfang ziemlich viel Zeit gefressen, doch nach der Insolvenz meiner alten Firma, war Arbeitslosigkeit für mich keine Option gewesen. Somit war der Computerservice eine gute Alternative, aber wie es so ist: Selbstständigkeit bedeutet immer, mehr als andere zu arbeiten. Und das hatte ich. Der Laden musste eingerichtet, die Kunden angeworben und ich in die Buchhaltung eingearbeitet werden. Da waren viele Überstunden angesagt gewesen. Oft war ich morgens im Dunkeln aus dem Haus gegangen, um abends im Dunkeln wieder heimzukehren. Dass Ina und ich uns dabei zwangsläufig voneinander entfernt hatten, war mir nicht bewusst gewesen. Bis zu dem Tag, als sie mich vor vollendete Tatsachen gestellt hatte. Vielleicht war dies auch mit einer der Gründe, warum ich nie etwas von ihren amourösen Liebesabenteuern mitbekommen hatte.

Ich vergewisserte mich, dass auch wirklich alles aus und in Ordnung war, und lief zurück nach vorne in den Laden. Dort zog ich mir die Jacke über.

In diesem Moment schlug ein Gedanke wie ein Blitz in meinen Schädel ein, der mich zusammenzucken ließ. War ich an Inas Fremdvögeldrama womöglich mitschuldig? Natürlich war es nicht die feine englische Art von ihr, fremdzugehen. Aber zu einer gescheiterten Beziehung gehören in den meisten Fällen doch immer zwei, oder? Wäre ich vielleicht mehr zu Hause gewesen und hätte sie in Bezug auf Haushalt, Kind und anderen Sorgen unterstützt, wäre es womöglich gar nicht erst soweit gekommen. Dann hätte meine Frau sich vielleicht nicht Trost bei einem anderen Kerl gesucht. Oder aber ich wäre zumindest da gewesen, um das Schlimmste zu verhindern. Das war ich aber nicht, weil ich meine Zeit vermutlich wie sonst auch im Laden verbracht hatte.

Allerdings hätte Ina dafür auch Verständnis haben müssen. Immerhin habe ich mir eine Existenz aufgebaut, von der auch sie finanziell profitiert hatte. Ich hatte für unsere Familie gesorgt, damit sie sich voll und ganz um Davina kümmern konnte. Und mal ganz ehrlich. Kann man von seinem Partner nicht etwas Unterstützung fordern, wenn es um die Gründung einer beruflichen Existenz geht? Schließlich war es ja nicht so, dass ich nur einem zeitraubenden Hobby gefrönt hatte.

Nachdenklich drückte ich die Klinke herunter und öffnete die Tür. Trotz allem war die Situation nicht mehr zu ändern. Was passiert ist, ist passiert. Wir waren geschieden, Ina wieder glücklich an meinen Nebenbuhler vergeben und ich nach wie vor solo. Doch wenn sich irgendwo eine Tür schließt, öffnet sich doch auch immer eine neue, oder etwa nicht? Und vielleicht war es nun endlich an der Zeit auch mal eine Tür aufzustoßen. Von alleine öffnen sie sich ja nicht.

Mit diesem positiven Gedanken trat ich nach draußen ins Freie, wo mich kalte Schneeluft empfing. Tief atmete ich den Duft ein. Es roch herrlich. Den ganzen Morgen über hatte es geschneit und nun lag eine mehrere Zentimeter dicke Schicht auf den Dächern, der tatsächlich liegen zu bleiben schien. Mein warmer Atem schlug Dampfwolken, die wie Rauch aus einem Räuchermännchen emporstiegen. Manchmal fand ich es faszinierend, wie sehr ich mich neuerdings an solchen Kleinigkeiten erfreuen konnte. Früher hätte ich das niemals registriert, weil ich viel zu sehr mit dem Laden oder den Kunden beschäftigt war. Heute war ich schon eher in der Lage, das Geschäft auch mal für ein paar Tage zu schließen, um mir etwas Ruhe zu gönnen.

Beschwingt zog ich die Ladentür zu und schloss zweimal ab. Ich wollte endlich nach Hause. Und das Auto würde ich ausnahmsweise einfach stehen lassen. Ein kleiner Spaziergang durch den Park würde mir sicher guttun. »Warten Sie.« Jemand kam auf mich zugerannt.

Überrascht drehte ich den Kopf zur Seite und sah mich plötzlich einer Frau gegenüberstehen. Sie hielt einen Laptop an ihre Brust gepresst und keuchte. Einige Strähnen des dunkelblonden Haares hatten sich aus ihrem Zopf gelöst. In ihren braunen Augen lag ein bittender Ausdruck.

Der Schock darüber, wer da plötzlich vor mir stand, zog mir beinahe den Boden unter den Füßen weg. Ich wollte es kaum glauben, aber es war tatsächlich die Hübsche aus dem Kaufhaus. O du fröhliche ...

KAPITEL 13

Advent, Advent, der Laptop brennt,.
Erst der Bildschirm, dann die Tasten,
schließlich dann der ganze Kasten.
Ist dann noch der Akku breit,
ist's zu spät für Dasizeit

– Verfasser unbekannt –

MONA

Der Techniker lief kopfschüttelnd hinter den Tresen. Er hatte mir bereits an der Tür angedeutet, dass er gerade Feierabend machen wollte. Doch natürlich war das keine Option für mich. Ganz und gar nicht. Ich brauchte den Rechner dringend. Am liebsten sofort. Spätestens jedoch bis Silvester!

»Vielleicht ist es das Mainboard«, postulierte er. »Aber um das herauszufinden muss ich den Rechner leider aufschrauben.« Der Mann vom Reparaturservice, den ich vor der Tür abgefangen hatte, wollte mir anscheinend nicht allzu große Hoffnungen machen. Sein Laden würde laut seiner Aussage bis Anfang Januar geschlossen bleiben, weshalb er den eingehenden Reparaturauftrag zwar noch annehmen, aber vorerst nicht ausführen wollte. Doch wie gesagt. Keine Option mit meiner Deadline im Rücken.

»Bitte, können Sie nicht jetzt eben reingucken? Oder über die Feiertage? Sie müssten doch nur ein paar Schrauben rausdrehen. Es geht um Leben und Tod, verstehen Sie?« Ich war mittlerweile den Tränen nahe und versuchte es auf die Mitleidstour.

»Aber heute ist Heiligabend und ich ...«, setzte er erneut verzweifelt an.

»Bitte«, fiel ich ihm gleich wieder ins Wort. »Wenn ich den Rechner nicht wenigstens an Silvester wiederbekomme, bin ich geliefert. Dann kündigt mir mein Verlag den Vertrag für meinen neuen Roman auf und ich muss den bereits gezahlten Vorschuss zurückgeben.« Den ich natürlich schon ausgegeben hatte. Zum Beispiel für blöde Weihnachtsgeschenke.

Umgehend hellte sich seine Miene auf und er zeigte auf den Monitor hinterm Tresen. »Ach wenn es nur das ist, dann ist das doch kein Problem. Sie können gerne auch meinen Computer benutzen, um ihre Datei rauszuschicken. Ich habe hier im Laden durchaus funktionierendes Internet.«

Hastig schüttelte ich den Kopf. »Sie verstehen nicht, die Datei ist doch noch auf dem Rechner. Und der geht ja nicht mehr an.« Ich ächzte. Es musste doch möglich sein, den Kerl irgendwie umzustimmen. Vielleicht gegen einen Supersonderweihnachtseinsatzbonus?

Er runzelte die Stirn. »Sie haben doch sicher eine Datensicherung Ihres Manuskriptes gemacht. Auf einer Festplatte, einer CD oder einem USB-Stick oder so?«, hakte er nach.

»Oder so? Was für eine blöde Frage. Würde ich sonst hier stehen? Auf die Idee ein Internetcafé zu benutzen, wäre ich vermutlich auch selber gekommen«, fuhr ich ihn ungehalten an, was mir aber gleich wieder leidtat. Schließlich konnte David Haim, wie mir das Namensschildchen an der Brusttasche des weißen Hemdes unter der schwarzen Jacke verriet, nichts für meine Dummheit. »Entschuldigen Sie, das war nicht so gemeint.«

Er hob fragend die Augenbrauen. »Sie haben also keine Sicherung Ihres Manuskriptes gemacht, verstehe ich Sie da richtig?«

Ich nickte.

Das Einzige, was er dazu kommentierte, war: »Oha! Ich hoffe für Sie, dass die Festplatte nicht kaputt ist.«

Seine Aussage versetzte mir einen Stich. Daran, dass die Festplatte womöglich kaputt war, hatte ich noch gar nicht gedacht. Betrübt stützte ich mich auf dem Tresen auf und schloss gequält die Augen. Bereits beim letzten Mal hatte mein Verlag mir deutlich zu verstehen gegeben, dass ich meinen Stammautorenbonus definitiv ausgereizt hätte. Es gäbe genügend andere Jungautoren mit Potenzial, die nur darauf warteten, ihre historischen Liebesromane an den Mann zu bringen. Und Vera hatte das ja auch schon angedeutet. Mehrfach sogar. Also was würde der dp Verlag dazu sagen, wenn tatsächlich die Festplatte kaputt wäre und das Manuskript überhaupt nicht mehr existierte? Wie lang müsste dann die Verlängerung sein, um die sechshundert Seiten nachzuschreiben? Ach was. Eine Verlängerung gäbe es nicht. Eher eine Aufkündigung des schriftlichen Bündnisses.

Ein erstickter Laut entrang sich meiner Kehle bei dem Gedanken an das Manuskript. Verdammt. Verdammt. Verdammt.

»Geht's Ihnen gut?« Der weiche Klang von David Haims Stimme drang in mein Ohr und riss mich aus der unheilvollen Fantasie, in der mich Vera gerade teerte, federte und in den Kerker warf.

Ich öffnete die Augen. Der Techniker musterte mich nun intensiv.

Ich seufzte leise auf und nickte. »Ja ja, alles in Ordnung, ich bin gerade nur etwas deprimiert. Wegen des Manuskriptes. Verstehen Sie?«

David Haim nickte. Sein Blick drückte Verständnis aus.

In diesem Augenblick stellte ich fasziniert fest, dass seine Augen in der Tat so dunkelgrün wie der Samtstoff von meinen Vorhängen im Arbeitszimmer waren. Ich betrachtete ihn genauer. Der Techniker war einer dieser Männer, die durchaus als attraktiv einzustufen waren. Sein braunes Haar war kurz und modisch geschnitten, das enge weiße Hemd und die Jeans ließen die Konturen einer sportlichen Figur erahnen. Ein belustigtes Funkeln in den Augen, die von kleinen Fältchen umrahmt wurden. Ein Grübchen am Kinn, das erst durch das verhaltene Lächeln zum Vorschein kam. Während der Bartschatten ihm einen männlichen und kühnen Ausdruck verlieh. Würde David Haim nun noch eine schwarze Hose mit rotem Kummerbund sowie ein weißes Leinenhemd tragen, das den Ansatz seiner Brustmuskeln zeigte, wäre er die reale Verkörperung eines Liebesromanhelden. Bisher dachte ich immer, dass Lord Worthington das Sahneschnittchen unter den von mir erschaffenen Helden war, aber David Haim könnte ihm glatt Konkurrenz machen. Nur dass der Techniker mit seiner Jeans und dem Hemd wesentlich moderner angezogen war. Dennoch hatte ich mir den temperamentvollen Lord genauso vorgestellt. Abgesehen davon, dass man David Haim anfassen konnte, bei Lord Worthington wusste ich aber, woran ich war – schwarz auf weiß.

»Wollen Sie Ihren Computer nun zur Reparatur abgeben oder doch lieber noch mal woanders nachfragen?«, riss mich Lord … äh … David Haims Frage aus der heimlichen Musterung.

Mona, konzentrier dich. Es geht hier um deinen Rechner. Wenn du den nicht repariert bekommst, kannst du dir Lord Worthington getrost abschminken. Da nützt es dir auch nichts, wenn der Kerl, der deinen Rechner reparieren soll, dem Helden deiner Vorstellung in den Schatten stellt. Aber Papierhelden lassen einen nicht im Stich.

Erneut seufzte ich auf. »Keine Ahnung. Kennen Sie vielleicht jemanden, der gegen eine angemessene Bezahlung und ein signiertes Exemplar meines hoffentlich neu erscheinenden Liebesromans meinen Computer noch bis Silvester reparieren würde?«

Niedergeschlagen schob er mir den Laptop wieder hin. »Leider nein, die meisten haben heute schon zu.« Er hob entschuldigend die Schultern. »Und äh … ich habe meiner Tochter versprochen, dass ich mich in den nächsten Tagen nicht von meinem Job ablenken lasse. Ich habe sonst wegen des Ladens immer so wenig Zeit, verstehen Sie?«

Die Schultern straffend schob ich ihm schließlich den Rechner über die Theke zurück. »Dann überlasse ich mein Goldstück einfach Ihnen. Sicher werden die anderen auch nicht schneller reparieren, oder?«

David Haim lächelte, griff zu einem Formular, das er auszufüllen begann, und zwinkerte mir verschwörerisch zu. »Vermutlich nicht, wir haben ja Weihnachten.«

Ach ja. Da war ja noch was. Nun würde ich mich wirklich sputen müssen. In nicht weniger als zwei Stunden würde meine Familie bei mir auf der Matte stehen und ich stand immer noch hier im Laden. Lisa, der pingeligen High-Society-Kleiderstange, wollte ich mein Wohnzimmer schließlich nicht ungesaugt und unstaubgewischt präsentieren. So wie ich sie kannte, würde sie mit dem Finger Sau auf meinen Fernseher schreiben und einen dummen Spruch loslassen.

David Haim hielt mir räuspernd den Stift zum Unterschreiben hin. Sicher wollte er auch endlich nach Hause zu seiner Familie. Ich griff danach.

Als meine Finger zufällig die seinen berührten, bekam ich so was wie einen kleinen Stromschlag. Überrascht blickte ich hoch. Auch er schien es bemerkt zu haben, denn er ließ den Stift los, der prompt auf die Theke fiel.

»Oh ... äh ... Entschuldigung«, stammele er. »Das sind meine Schuhe. Die laden sich von dem Teppich hier im Laden immer so auf.«

Ich nickte. Natürlich. Die Schuhe. Hastig griff ich nach dem Stift auf der Theke und unterschrieb den Reparaturauftrag. Dann verabschiedete ich mich von ihm.

»Sie melden sich, wenn der Rechner fertig ist?«

David Haim nickte und lächelte. Mein Herz stolperte kurz. »Ich melde mich bei Ihnen. Frohe Weihnachten Frau Seidel.«

***

DAVID

Während Mona Seidel mit hängenden Schultern den Laden verließ, sah ich ihr fassungslos und gleichzeitig voller Mitleid hinterher. In den letzten paar Stunden hatte ich mir mehr als einmal gewünscht, der Hübschen noch mal wieder zu begegnen, und zack stand sie plötzlich vor meinem Laden. Das musste Schicksal sein, oder nicht?

Natürlich war sie nur wegen ihres kaputten Rechners gekommen, von dem sie, wie soll es auch anders sein, keine Dasi gezogen hatte. Wäre ich nicht mit Davina verabredet gewesen, hätte ich den Rechner sicher noch aufgemacht. Doch langsam musste ich mich sputen. Trotzdem wurde mir in diesem Moment eines bewusst. Ich hatte dank des Reparaturauftrages nicht nur ihren Namen, sondern neben dem Adressfeld stand auch ihre Telefonnummer.

Eigentlich glaubte ich nicht an Weihnachtswunder, doch diesmal musste ich mir eingestehen, dass es, wenn es keine Wunder gab, der Zufall verdammt gut mit mir gemeint hatte.

KAPITEL 14

Hört, wie hell ein Glöckchen klingt,
der Kinder Herz vor Freude springt,
erfüllt die Welt mit Lichterschein
und Weihnachtsfriede kehre ein.

– Oskar Stock –

MONA

Der Rauchmelder kreischte bereits wie eine Flugzeugturbine. Ich riss zuerst das Küchenfenster auf, um den Rauch abziehen zu lassen, und stieg dann auf den Holzstuhl. Mit einem Knopfdruck brachte ich den Schreihals kläglich zum Verstummen.

Über das Drama mit dem Laptop hatte ich natürlich die Gans im Ofen vergessen, die nun an der Oberseite völlig verkohlt war. Ich griff zu den Topflappen und holte den angebrannten Flattermann hervor, um ihn mir genauer anzusehen. Könnte ich vielleicht oben einfach was abschneiden? Oder mit etwas einpinseln, sodass die verkokelten Stellen nicht mehr so sehr auffielen? Ehrlich gesagt fiel mir jedoch nichts ein, was dunkel und geschmacksintensiv genug war, das schwarze Missgeschick zu kaschieren. Nein. Die Gans war hin –

definitiv. Es sei denn, meine Familie stand auf Holzkohle. Somit fiel der Hauptgang auch aus.

Wut keimte in mir auf. Herrgott noch mal. Warum konnte auch einfach nichts glatt laufen? Wütend ließ ich die Gans in die Spüle fallen. Dann eben keine Gans, keinen Pudding und keine Karten. Zur Not gab es ja immer noch den Pizzaservice.

Da der Rauch einfach nicht abziehen wollte und mittlerweile in meinem Hals so kratzte, dass ich husten musste, lief ich hastig von Raum zu Raum, um nacheinander die Fenster zu öffnen. Dabei zermarterte ich mir mein Köpfchen, was verdammt noch mal ich nun meiner Familie zu essen vorsetzen sollte.

Als ich das Wohnzimmer betrat, um auch dort zu lüften, erstarrte ich. Mein Herz pochte einen Tacken schneller. Das konnte nicht sein. Nein, verdammt! Es musste eine Halluzination sein. Sicher hatte der Rauch in mir ein Bild heraufbeschworen, das gar nicht da war.

Ich kniff die Augen zusammen, blinzelte ein paar Mal hintereinander, weil ich es einfach nicht glauben konnte. Wie bitte war so etwas möglich? Der Baum – er hatte tatsächlich beinahe alle Nadeln verloren. Oh mein Gott. Heute Morgen war er doch noch völlig in Ordnung gewesen.

Fassungslos trat ich näher und besah mir die leeren Äste. Die Fichte hatte rund achtzig Prozent ihrer Nadeln eingebüßt, die sich alle auf dem Couchtisch zu einem Berg zusammengefunden hatten. Die Löcher waren nun so riesig, dass ich sie selbst mit weiteren Kugeln oder Schleifen nicht mehr verstecken könnte. »Elender Mist.«

Seufzend ließ ich mich auf die Couch sinken und betrachtete nachdenklich das Gerippe. Das hieß also, ich müsste nun nicht nur losziehen und einkaufen gehen, denn immerhin konnte ich meiner Familie ja keine Gänse-Briketts auf den Teller legen, sondern müsste tatsächlich auch noch los, einen neuen Baum kaufen und schmücken. Denn in nicht ganz anderthalb Stunden würde meine Eltern mit meiner perfekten Schwester hier einfliegen, die sich bei dem Anblick des Baumes wahrscheinlich halb totlachen würde. Ich sah das Bild direkt vor mir, wie sie abschätzend wie immer ihre Lippen verziehen würde, um nur eine Sekunde darauf in schallendes Gelächter auszubrechen. Aber mal ganz ehrlich. Würde sie doch sowieso, oder? Egal, ob ich nun einen anderen Baum kaufen würde oder das Essen lecker wäre. Jedes Fest, das sie nämlich ausrichtete, egal ob Weihnachten oder Geburtstage, waren perfekte Soireen erlesener Gaumenfreuden gepaart mit dezentem Unterhaltungsprogramm für Hochanspruchsvolle. Da würde ich, Mona, die einfach gestrickte Autorin mit ihrer 0815-Zusammenkunft, bei der es meist nur bodenständige Hausmannskost auf Plastikgeschirr und einen Tabu-Spieleabend gab, wie immer kaum mithalten können. Seltsamerweise ärgerte ich mich nicht einmal mehr darüber. Weder über den Baum, noch über meine Schwester. Mittlerweile war mir das egal. Völlig egal, um ehrlich zu sein. Weihnachten war eine einzige Katastrophe und so sehr ich mich auch abstrampelte, der liebe Gott legte mir scheinbar nur zu gerne immer weitere Stolpersteine in den Weg, damit das Fest der Besinnlichkeit auch wirklich und hundertprozentig zum wahren Chaos unterm Weihnachtsbaum wurde. Seit dem Leon-Eklat stand Weihnachten für mich unter keinen guten Stern mehr. Noch nicht mal mein geringer Anspruch, ein nettes Fest für meine Familie zu organisieren, ließ sich einfach nicht realisieren. Egal, wie sehr ich mich auch bemühte. Vielleicht sollte ich mir für das nächste Jahr tatsächlich mal vornehmen, etwas eher zu planen oder eine To-do-Liste zu schreiben. Womöglich würde ich es dann schaffen, Lisas Ansprüchen zumindest ansatzweise gerecht zu werden, um mir für meine Bemühungen nicht auch noch dumme Sprüche anhören zu müssen – von der Frau, der ich die ganze Misere zu verdanken hatte.

Je länger ich mir die Nadelkatastrophe besah, desto entschlossener wurde ich. Der liebe Gott, der konnte mich mal. Und Lisa auch. Sollten Sie mir doch alle den Buckel herunterrutschen. Ich würde den Abend irgendwie hinter mich bringen und mich im nächsten Jahr zu Weihnachten einfach verdünnisieren. Ich hatte gehört, die Malediven sollen zu der Zeit sehr schön sein. Aber bis dahin waren es noch 365 Tage und der heutige Heiligabend eben bei mir. Seufzend stand ich auf. Also gut. Nun gab es für mich eigentlich nur noch eines zu tun – Schadensbegrenzung betreiben. Immerhin blieb mir noch etwas Zeit.

***

DAVID

In rekordverdächtigem Tempo war ich nach Hause gefahren, hatte mich geduscht und angezogen und saß nun vor meinem Rechner zu Hause. Da ich endlich wusste, wie die Hübsche hieß, mich aber natürlich nicht traute, sie einfach anzurufen, gönnte ich mir, bevor ich fahren musste, noch eine halbe Stunde Zeit für einen Mona-Seidel-Personen-Check-up bei Google. Dazu brauchte ich auch nur ihren Namen in die Suchleiste einzugeben und auf die Entertaste zu drücken, womit sich bereits Sekunden später die ersten Treffer auftaten: Mona Seidel war eine bekannte Autorin. Ah ja. Das hatte sie ja bereits erwähnt.

Ich klickte mich durch ihre Bücher und bekam eine Vorstellung von dem, was sie so schrieb. Historische Liebesromane mit jeder Menge Herzschmerz war wohl der richtige Ausdruck dafür. *Das flammende Begehren der Gräfin* oder *Die Kindermacherin* waren nur einige ihrer Romane, die von einem großen Publikumsverlag veröffentlicht worden waren. Und wenn ich den Rezensionen trauen durfte, waren ihre Leser jedes Mal aufs Neue hin und weg von ihren Geschichten. Keine Rezension war schlechter als drei Sterne. Nun konnte ich ihre Verzweiflung wegen des Manuskriptes viel besser verstehen. Vermutlich bekam sie dafür mehrere Tausend Euro und wer weiß, wie lange sie an ihrem Schmöker gesessen hatte. Ich nahm mir aller guten Vorsätze zum Trotz vor, morgen einen kurzen Blick in ihren Rechner zu werfen. Damit brach ich zwar mein Versprechen gegenüber Davina, den Laden die nächsten zehn Tage nicht zu betreten, aber für Mona Seidel machte ich gerne eine Ausnahme. Auch auf die Gefahr, mit meiner Tochter Stress zu bekommen.

Im Anschluss klickte ich mich noch durch einige weiter Seiten, konnte aber bei der Recherche keinen Hinweis auf einen Mann oder Kinder finden. In den

Autorenvitae war immer nur von ihrem obligatorischen Schriftstellerhund die Rede.

Schließlich klappte ich den Laptop zu und griff zum Autoschlüssel. Mein Herz hüpfte bei dem Gedanken an den heutigen Tag und an Mona Seidel ein Stück weit höher. Hach, vielleicht wird Weihnachten dieses Jahr ja doch ganz schön.

***

MONA

Zugegeben, der Baum war etwas abstrakt, aber interessant anzusehen. Auf der Suche nach der künstlichen Tanne war mir im Keller eine Kiste mit alten Drahtkleiderbügeln über den Weg gelaufen. Da Leon von Beruf Bankkaufmann war und ich nicht perfekt genug bügeln konnte, hatte er seine Anzüge regelmäßig in die Reinigung gegeben. Die Bügel, auf denen die Sachen wieder zurückkamen, hatte er stets gesammelt. Leon war nämlich nicht nur Bankkaufmann und verschossen in meine Schwester, sondern auch ein erklärter Greenpeace-aktiver-Mülltrenner, der sogar noch die Metallklammer aus Teebeuteln rausgefummelt hatte, um sie extra zu entsorgen. Doch in dem Moment, als mir die Kiste mit den Drahtbügeln in die Hände fiel, kam mir Leons Recyclingfimmel endlich mal zugute.

Kurzerhand hatte ich mit einer Kombizange alle Bügel gekappt, umgebogen und mit Isolierband zusammengeklebt, sodass sie der Form eines großen Weihnachtsbaumes ähnelten. Mit einer Schere hatte ich die wenigen Äste des echten Baumes, die tatsächlich noch benadelt waren, abgeschnitten und mitsamt der daran hängenden Deko einfach auf den Drahtbaum übertragen. Den Rest der Drahtbügel hatte ich anschließend mit goldenem Geschenkband umwickelt und einige Holzsterne sowie die Lichterkette drumgewunden. So einen Baum konnte sicher kein anderer sein Eigen nennen. Da würde Lisa aber staunen. Wenn vielleicht auch nicht unbedingt positiv.

Schließlich schnappte ich mir den Haustürschlüssel und machte mich auf den Weg zum Supermarkt, um mein Essensproblem in Angriff zu nehmen.

KAPITEL 15

Wenn Glöcklein dröhnen, Kinder brüllen,
Weihnachtslieder meine Ohren füllen,
Menschen hetzen durch Geschäfte
und kaufen noch das Allerletzte,
ja dann weiß ich, es ist Zeit
für die gespielte Fröhlichkeit

– Verfasser unbekannt –

MONA

»Vielleicht schauen Sie heute Abend mal bei uns vorbei?« Der Afroamerikaner, der vor der Tür des Ladens stand, drückte mir einen Zettel in die Hand. Dabei grinste er breit, was seine Zähne aufblitzen ließ.

Kopfnickend nahm ich den Zettel und steckte ihn genervt in meine Jackentasche, ohne den Kerl eines weiteren Blickes zu würdigen. Die Obdachlosen, die einem den Euro für den Einkaufswagen abluchsen oder eine Zeitung andrehen wollten, lungerten hier regelmäßig herum.

Ich schob den Wagen durch die vollen Gänge des Supermarktes, was mir wie ein schlechtes Déjà-vu vorkam. Genervt schmiss ich einfach wahllos ein paar

Sachen hinein. Was genau ich nachher meiner Familie zu essen vorsetzen wollte, wusste ich nicht einmal. War mir aber auch ziemlich egal. Alles war besser als Pudding mit Klümpchen oder verbrannte Gans. Vielleicht sollte ich einfach fünf Tiefkühlpizzen aufbacken, damit konnte ich doch nun wirklich nichts verkehrt machen.

Die Schlange an der Kasse war im Gegensatz zu gestern Abend um das Doppelte länger, was ich jedoch mittlerweile mit stoischer Ruhe hinnahm. Während ich dort anstand, dachte ich über mein neues Romanprojekt nach. Denn das munterte mich üblicherweise sofort auf. Vielleicht war es mal an der Zeit für was Neues. Einen Contemporary Romance Roman oder einen Mysterythriller oder so etwas. Vielleicht würde ich aber auch einfach einen Roman über Weihnachten schreiben. Stoff für eine sarkastische Story hatte ich in den letzten Stunden immerhin genügend sammeln können.

Wieder zu Hause packte ich alles aus und besah mir meine Einkäufe, die ich jetzt zum ersten Mal richtig wahrnahm. Entenbrüste, Löffelbiskuits und Frischkäse. Warum hatte ich das bloß gekauft? Was bitte sollte ich damit anfangen? Ach egal! Alles egal! Scheißegal!

Auf der Suche nach einer tollen Eingebung riss ich den Vorratsschrank auf. Aber auch hier gab es nur fragwürdige Lebensmittel wie ein Glas uralte Orangenmarmelade oder einen Schokoweihnachtsmann aus dem letzten Jahr. Ich nahm den Weihnachtsmann heraus und legte ihn auf die Anrichte in der Küche. In diesem Moment überkam es mich. Wie ein nahender Sturm braute sich der Zorn in meiner Brust zusammen, um mit einem lauten Schrei entladen zu werden. Dazu hieb ich mit der Faust auf den armen Weihnachtsmann ein und schrie »Scheißweihnachten«. Das fühlte sich besser an, auch wenn ich jetzt meiner Familie nicht mal mehr einen anständigen Schokoweihnachtsmann vorsetzen konnte. Jetzt war es auch egal, ich wollte mehr von diesem befreienden Gefühl. Und noch einmal ließ ich meine Faust auf den mittlerweile nur noch Schokobröseln nieder. »Scheißweihnachten«, schluchzte ich. »Scheiß-Leon«, dachte ich und mir liefen ein paar Tränen über die Wange. Aber danach ging es mir wesentlich besser.

***

DAVID

Mein Finger schwebte sekundenlang über der Klingel, während sich mein Magen zusammenkrampfte. Schließlich überwand ich mich doch und drückte den Knopf durch. Wenig später erklang das Summen des Türöffners, woraufhin ich die Glastür aufdrückte und den Hausflur betrat. Trotz allem war mir etwas mulmig zu Mute. Wie würde Ina reagieren, wenn ich plötzlich vor ihrer Tür stand? Oder ihr neuer Typ? Oder meine Tochter? Sie alle wussten ja nicht einmal, dass ich hochkommen wollte, zumal ich Davina noch gestern mitgeteilt hatte, ich würde auf dem Handy durchbimmeln.

Deshalb verwunderte es mich auch nicht, als meiner Ex, die in der Tür stand, vor Überraschung der Mund offen stehen blieb.

»Fröhliche Weihnachten«, sagte ich höflich und versuchte mich in einem gequälten Lächeln.

Aus Inas Mund kam nur ein leises »Äh ... Hi.«

Davina kam zur Tür gelaufen. »Pops?« Sie machte große Augen. »Was machst du denn hier oben?«

Ich schmunzelte verhalten. »Na, dich abholen kommen, was sonst.«

Ina, die sich in der Zwischenzeit anscheinend etwas gefasst hatte, trat unruhig von einem Bein aufs andere. »Magst du vielleicht kurz reinkommen, wenn du schon da bist?« Im Hintergrund hörte ich Stimmen. Ob es der Fernseher war oder Weihnachtsbesuch konnte ich nicht differenzieren.

Ich hob abwehrend die Hand. »Das wäre dann etwas zu viel des Guten.«

Sie nickte.

Meine Tochter griff zu ihrer Jacke, schlüpfte in ihre Schuhe und sagte: »Okay, wir können.« Auffordernd hielt ich ihr den Arm zum Einhaken hin. Sie nahm ihn an. Gemeinsam liefen wir zwei so durchs Treppenhaus.

Auf dem Weg vom Haus zum Auto legte sie plötzlich ihren Kopf auf meine Schulter und flüsterte: »Danke, Papa!«

KAPITEL 16

Bald ist Weihnachten, wie freu ich mich drauf,
da putzt uns die Mutter ein Bäumlein schön auf.
Es glänzen die Äpfel, es funkeln die Stern,
wie haben wir doch alle das Weihnachtsfest gern

– Verfasser unbekannt –

MONA

Weil ich nichts anderes hatte und Schokomatsch nun wirklich nicht passte, bepinselte ich die Entenbrust ordentlich mit Orangenmarmelade, gab Salz, Pfeffer und etwas Paprikagewürz drauf und klatschte sie einfach in eine Auflaufform. Anschließend goss ich etwas Chianti dazu, damit es nicht zu trocken werden würde. Dabei genehmigte ich mir auch einen großen Schluck von dem italienischen Rotwein, um meine Nerven zu beruhigen.

Nachdem die Entenbrüste in den Ofen verfrachtet waren und für eine Stunde brutzeln mussten, betrachtete ich nachdenklich die Löffelbiskuits und den Frischkäse. Leider wusste ich immer noch nicht, was ich damit zum Nachtisch machen könnte. Andere Sachen hatte ich ja nicht zur Auswahl und ich könnte ja schlecht die Kekse mit dem Frischkäse bestreichen. Das wäre sicher viel zu trocken. Sollte ich es wie mit der Entenbrust machen? In Chianti tunken? Ne, das klang doof. Ich fand Chianti und Löffelbiskuits passten auch nicht so recht zusammen. Aber wie wäre es mit Kaffee? Kekse und Kaffee passen doch immer zusammen. Wenn ich statt des Frischkäses doch wenigstens Mascarpone in den Einkaufswagen geschmissen hätte ... Aber wenn ich den Frischkäse einfach mit Kaffee-Karamell-Likör mischen würde?

Ich griff zu einer Schüssel und dem Frischkäse, den ich dann hineingab. Dazu einen ordentlichen Schuss von dem Likör. Mit dem Mixer rührte ich das Ganze durch und probierte. Hm. Na ja. Irgendetwas fehlte trotzdem. Mein Blick glitt suchend durch die Küche und blieb beim Gewürzregal hängen. Zimt. Das Weihnachtsgewürz schlechthin. Ich gab somit noch eine Messerspitze Zimt hinzu. Als ich den Zimt zurück ins Regal stellte, fiel mein Blick auf den pulverisierten Weihnachtsmann, denn ich nur an die Seite geschoben und noch nicht entsorgt hatte. Ehe ich mich versah, hatte die Schokolade den Weg in die Plastikschüssel gefunden. Wieder mixte ich das Ganze ordentlich durch und probierte. Die Schokolade gab dem Käse einen süßen Geschmack und der Karamelllikör harmonierte wirklich wunderbar mit dem Zimt. Schließlich tauchte ich die Löffelbiskuits nacheinander in etwas Kaffee und legte sie in eine Auflaufform, um sie dann mit der Creme zu bestreichen. Ich gab noch eine Schicht Biskuits oben drüber, die ich allerdings vorsichtig mit Karamelllikör statt Kaffee beträufelte. Zum Abschluss etwas Kakaopulver zur Dekoration drübergestreut – und fertig war mein Weihnachtsdessert. Ich stellte das Dessert in den Kühlschrank und sah mich um. Eigentlich konnte ich jetzt nichts mehr tun. Einen Topf Wasser für die Fertigklöße hatte ich schon vorbereitet und der Rotkohl musste nur warm gemacht werden. Aus dem Rotweinsud der Entenbrust würde ich nachher mit etwas Stärke eine Soße andicken und das war's.

Also lief ich ins Wohnzimmer um dort noch etwas klar Schiff zu machen und die Geschenke unter den Baum zu legen.

***

DAVID

»Pops, hörst du mir überhaupt zu?«

Erschrocken hob ich den Kopf und sah meine Tochter an. »Entschuldige, ich war mit meinen Gedanken anscheinend ganz woanders.«

Davina grinste. Wir saßen uns beim Chinesen am Tisch direkt gegenüber. »Das habe ich gemerkt, du hast nämlich gar nicht gemeckert, als ich nach einer Taschengelderhöhung gefragt habe.«

Ich schob die gebackene Banane nachdenklich auf meinem Teller von rechts nach links. Mona Seidel wollte mir wohl einfach nicht aus dem Kopf. »Taschengelderhöhung? Okay! Von wie viel sprechen wir?«

Meine Tochter riss erstaunt die Augen auf. »Pops, bist du krank?«

Stirnrunzelnd legte ich die Gabel weg und griff zu meinem Bierglas. »Wieso krank?« Hastig nahm ich einen großzügigen Schluck.

»Weil du sonst immer gleich los maulst, ich würde sowieso schon viel zu viel Taschengeld bekommen und wenn ich mehr Geld bräuchte, solle ich mir vielleicht einfach mal einen Job suchen.«

Ich nickte. »Stimmt ja auch. Du könntest zum Beispiel Zeitung austragen oder bei mir im Laden aushelfen.«

Davina warf die Gabel auf den Tisch. »Siehst du, das meine ich. Also, was ist los mit dir?«

Stirnrunzelnd warf ich ihr einen Blick zu. »Was soll schon sein? Nichts! Ich habe einfach nur nicht richtig zugehört.«

Ein genervter Aufstöhner entglitt ihrer Brust. »Pops, ich merke doch, dass etwas im Busch ist. Erst kommst du hoch, dann bist du total abwesend ...« Sie seufzte. »Macht der Laden Probleme?«

Ich schüttelte hastig den Kopf, denn ehrlich gesagt wusste ich nicht, ob ich meiner Tochter wirklich von Mona Seidel erzählen wollte. Abgesehen davon, dass es nicht wirklich was zu erzählen gab. Mona Seidel war lediglich eine Kundin, der ich mehr als einmal zufällig über den Weg gelaufen bin und, na ja, in die ich mich vielleicht etwas verguckt hatte. Mir war ja nicht mal klar, ob sie nicht in festen Händen war. Und wer wusste schon, wie Davina auf eine potenzielle neue Frau in meinem Leben regieren würde? Auf einen Streit mit meiner Tochter am Heiligabend hatte ich keine Lust. Nein. Besser ich sagte nichts dazu.

»Quatsch, mit dem Laden ist alles okay. Und das ich hochgekommen bin, war nur, weil mir endlich mal danach war. Und hast du nicht selbst gesagt, ich solle deine Mutter nicht mehr bestrafen?«

Meine Tochter warf mir einen weiteren skeptischen Blick zu und schürzte die Lippen. Deshalb wechselte ich schnell die Richtung.

»Also bei mir ist alles in Ordnung. Wirklich. Aber erzähl mal, wie läuft es denn bei dir so? Was macht die Schule? Wohin geht's im Februar auf die Klassenfahrt?« Davina senkte den Blick und wurde rot. »Ach Schule ist doof, wie immer.«

Ich kannte meine Tochter lange genug, um zu wissen, dass sie die Schule nicht doof fand. Davina war immer ein wissbegieriges Kind gewesen, das zusätzlich zu den gestellten Aufgaben zu Hause noch freiwillig Extraaufgaben gemacht hatte. Schon vor der ersten Klasse konnte sie lesen, schreiben und rechnen, weil es ihr in der Kita zu langweilig war und wir sie zu Hause selbst gefördert hatten. Jetzt war sie bereits in der achten Klasse und hatte vor, nach dem Abitur Tiermedizin zu studieren. Ich hatte auch keine Bedenken, dass sie es nicht schaffen könnte. Ihr Notendurchschnitt lag immer zwischen eins und zwei.

»Doof? Seit wann das denn?«, fragte ich beiläufig und pikte ein Stück gebackenen Banane mit der Gabel auf.

»Schon länger«, wiegelte sie ab.

»Und warum?«, hakte ich nach. »Wenn es Probleme gibt, kann ich mich auch gerne mal mit deiner Klassenlehrerin unterhalten.«

Meine Tochter schüttelte den Kopf, sodass ihre langen dunkelbraunen Haare flogen. »Bloß nicht. Außerdem kann die Kellermann mir da auch nicht helfen.«

Ich ließ die Gabel wieder sinken und musterte Davina. Ihr Gesichtsausdruck schien alles andere als glücklich.

»Was ist los? Hast du ausnahmsweise mal eine Fünf geschrieben?«

Der Blick, der mich nun streifte, hätte sicher töten können, so spitz war er. »Natürlich nicht, Pops. Lass mich einfach in Ruhe okay?«

Ich legte die Gabel weg und griff über den Tisch zu ihrer Hand. »Ich will, dass du eines weißt, du kannst mit jedem Problem jeder Zeit zu mir kommen, okay? Egal, was es ist.«

Sie nickte und griff wieder zu ihrer Gabel, um den Rest Reis zusammenzuschieben. Eine Zeit lang herrschte betretenes Schweigen am Tisch. Lediglich das Quietschen des Besteckes auf dem Teller war zu hören.

»Es gibt da jemanden in der Schule«, begann Davina dann doch vorsichtig. »Einen Jungen.«

Ein Junge also. Aha. Keine fünf in Mathe oder so. Erleichtert atmete ich auf. Doch dann dachte ich gleich an Sachen wie küssen oder fummeln, hatte plötzlich sogar Tobi vor Augen und wie er mit seiner Zunge der Schwarzhaarigen in der Kneipe die Mandeln massiert hatte. Mich durchzuckte es heiß und kalt. Mir wurde schlecht und mein Herz raste los. Da war er also, der Tag, den ich am meisten gefürchtet hatte. Den Tag, den alle Väter mit Töchtern sicher fürchten.

»Was heißt das genau? Hat er dir was getan? Oder sich dir unsittlich genähert?« Wenn ja, würde ich ihn unangespitzt in den Boden rammen.

Davina sah hoch. Sie hatte die Augenbrauen hochgezogen. »Natürlich nicht. Er hat ...« Sie stockte. »Ach, ich finde ihn einfach nett und weiß nicht, wie ich mich ihm gegenüber verhalten soll.«

Zum zweiten Mal an diesem Abend atmete ich erleichtert auf. Mir schien, ich müsste doch kein Bienchen-und-Blümchen-Gespräch führen, wobei ich mir auch sicher war, das Davina genau wusste, wie das ging und wo die Risiken lagen.

»Das heißt, du magst ihn mehr als andere Jungs?«

Davina verdrehte die Augen. »Mensch, Pops, lebst du hinterm Mond? Das heißt verknallt, okay?« Sie grinste kurz, wurde aber gleich wieder ernst. »Das Problem ist, ich weiß nicht, wie ich ihn ansprechen soll. Ich habe noch nie einen Jungen angesprochen. Außerdem ist er eine Klasse über mir, geht aber genau wie ich in die Badminton-AG.«

Ich zuckte hilflos mit den Schultern. Dafür war ich genau der falsche Ansprechpartner. Schließlich hatte ich gerade dasselbe Problem. Und mir konnte nur ein Weihnachtswunder helfen. Draußen rieselte leise der Schnee … Und tatsächlich, in meinem Herzen war es warm. Was hatte ich zu verlieren? Ich hatte eine Liebe verloren, aber jetzt zumindest den Hauch einer Chance. Endlich gefiel mir mal wieder jemand. *Still schweigt Kummer und Harm, Sorge des Lebens verhallt:*

Freue dich, die Liebe kommt bald – wieder? Ich sollte mir keine Sorgen um Davina machen, sondern sie ermutigen. Leben und Liebe gehörten schließlich zusammen. »Davina, ich kann dich verstehen. Aber ich bin selber auch kein Genie.

Vielleicht können wir uns gegenseitig helfen.«

Davina riss die Augen auf. »Also bist du auch verknallt?«

Meine Tochter klatschte erfreut in die Hände. »Oh mein Gott, Pops. Ich hab's doch geahnt. Deswegen bist du also so abwesend.« Sie beugte sich über den Tisch zu mir herüber.

Ich zögerte, weil ich Angst hatte, damit eine Lawine auszulösen.

»Verliebt bin ich noch nicht so richtig, aber sagen wir so«, ich schürzte die Lippen, »ich bin ziemlich interessiert.«

»Erzähl«, forderte sie mich direkt auf. »Wie heißt sie, wer ist sie, wo wohnt sie? Sieht sie gut aus?«.

Ich winkte mit der Hand ab. »Da gibt's nicht viel zu erzählen.« Hoffentlich noch nicht. »Sie heißt Mona Seidel, ist Autorin und meine Kundin. Sie hat mir ihren Rechner gebracht, den ich mir dringend anschauen soll, weil sie keine Dasi von ihrem Manuskript gemacht hat. Das war's.«

Das Einzige was meine Tochter in diesem Moment dazu kommentierte, war: »Ich fasse es nicht, wenn ich das Mom erzähle, springt sie im Dreieck.«

***

MONA

»Also der Baum hat ja ein bisschen was von abstrakter Kunst«, rief Paps aus dem Wohnzimmer und wieherte los. Opa stimmte hörbar mit ein. Doch bevor ich etwas dazu sagen konnte, kam meine Schwester durch die Haustür hereingeschneit. Sie brachte einen Schwall kalter Luft und frische Schneeflocken mit.

»Abstrakte Kunst? Wo?« Sie stiefelte direkt durch, ohne mich zu begrüßen. Am Türrahmen stieß sie einen spitzen Schrei aus.

Natürlich machte ich mich insgeheim auf alles gefasst. Lisa war eine Tannenbaumperfektionistin, die sogar zur Not dem Glanz der Nadeln mit Sprühlack auf die Sprünge half.

»Paps, du hast ja keine Ahnung. Das ist in New York derzeit der letzte Schrei. Mein Gott, Schwesterchen, woher wusstest du das? Hast du dich tatsächlich mal aus deinem Mittelalter ins moderne Internet katapultiert und dich über Trends informiert?« Lisa drehte sich um. Sie sah mich an. Anscheinend hatte ich zumindest in diesem Punkt etwas richtig gemacht.

Meine Schwester zog sich ihren schwarzen Mantel aus und hängte ihn an die Garderobe. Dabei fiel mir etwas ins Auge. Es war ein rot-schwarzer Schal, den Lisa um ihren Hals gebunden trug. Es war genau der Schal, den ich ihr fast zu Weihnachten gekauft hätte. Glück gehabt. Allerdings zeigte mir das auch, dass ich meine Schwester trotz unseres Zerwürfnisses immer noch ziemlich gut kannte.

»Äh ... okay, setzt euch doch. Möchte jemand vielleicht einen Glühwein mit Zimt?«

KAPITEL 17

O schöne, herrliche Weihnachtszeit,
was bringst du Lust und Fröhlichkeit!
Wenn der heilige Christ in jedem Haus
teilt seine lieben Gaben aus

– August von Fallersleben –

DAVID

»Handschuhe?« Davina riss die Augen auf.

Ich musste mir ein Lachen verkneifen. »Ich habe gedacht, die kannst du gut gebrauchen. Vor allem jetzt, wo es geschneit hat.«

Ihre Mundwinkel näherten sich gefährlich dem Boden, auf dem sich bereits einige Nadeln meines billigen Winzlings befanden. Nächstes Jahr würde es wieder eine Nordmanntanne werden. Scheiß auf das Geld.

»Pops, du verarschst mich doch. Das ist nicht ernsthaft mein Weihnachtsgeschenk, oder?«

Gespielt erstaunt öffnete ich den Mund. »Weißt du, wie teuer die Handschuhe waren?«, echauffierte ich mich. »Sie sind aus echter Merinowolle.«

Davina schnaubte auf. »Das kannst du der Oma erzählen, der du die Dinger geklaut hast.« Sie zog einen enttäuschten Schmollmund.

Ich trieb es noch weiter auf die Spitze. »Okay du hast recht. Ich habe doch noch was für dich.«

Umgehend hellte sich ihre Miene auf. »Wusste ich es doch. Gott sei Dank, ich hab schon gedacht, du meinst es wirklich ernst.«

Ich griff zu einem weiteren Paket, unter dem Baum. »Hier für dich, ich hoffe, du freust dich darüber.« Der Karton maß circa zehn mal vierzehn Zentimeter.

»Oh, Paps. Was ist das? Mein neues Smartphone vielleicht?« Ohne Rücksicht auf Verluste riss Davina das Papier ab. Doch im selben Augenblick fiel ihre Miene wie ein Kartenhaus in sich zusammen. Sie war tatsächlich den Tränen nahe. »Uno?«, flüsterte sie und hielt das Spiel hoch.

»Das hast du doch früher schon immer gerne gespielt.« Nun konnte ich nicht mehr. Ich platzte vor Lachen und griff zu dem Paket mit dem Smartphone, das ich unter der Couch versteckt hatte.

»Hier«, ich hielt ihr lachend das Paket unter die Nase. Davina schniefte und griff vorsichtig danach. »Rache ist Pops. Frohe Weihnachten, mein Schatz. Ich hoffe, es gefällt dir.«

***

MONA

»Ich wusste gar nicht, dass du so gut kochen kannst«, sagte meine Mutter. Sie leckte den Löffel bereits zum dritten Mal ab. »Und du hast wirklich nichts mehr von dem sagenhaften Karamell-Tiramisu?«

Grinsend schüttelte ich den Kopf. »Ihr habt alles weggefressen – wie die Heuschrecken.«

Lisa lachte auf. »Du musst mir unbedingt das Rezept geben.« Meine Schwester rieb sich genüsslich den Bauch. Auch sie hatte zweimal zugeschlagen, wie auch immer sie das beim Kalorienzählen verrechnen konnte.

Tja. Ich konnte es selbst kaum glauben. Dabei war das Tiramisu doch total gestümpert gewesen. Auch die Entenbrüste, die ich notdürftig mit Orangenmarmelade beschmiert hatte, mussten anscheinend lecker gewesen sein. Sogar Opa, der ein Verfechter der einfachen Kartoffel-Erbsen-Möhren-Schweinebraten-Hausmannskost war, hatte mehrmals Nachschlag genommen.

Ich sprang auf und begann den Tisch abzuräumen, bevor jemand merken konnte, dass ich vor mich hin grinste. Meine Mutter tat es mir gleich. Nur Lisa blieb sitzen und ließ sich wie immer bedienen. In der Küche sah ich die Flasche Kaffee-Karamelllikör auf dem Schrank stehen. Vielleicht könnten wir das Essen nett ausklingen lassen. Mit der Flasche in der Hand ging ich zurück ins Wohnzimmer. »Möchte jemand von euch vielleicht einen Irish Coffee?«

KAPITEL 18

Ruhig sein,
nicht ärgern,
nicht kränken,
ist das allerbeste Schenken;
aber mit diesem Pfefferkuchen
will ich es noch mal versuchen.

– Theodor Fontane –

DAVID

»Gott, das Handy ist super«, sagte mein Töchterchen begeistert. »Damit könnte ich sogar dein Auto öffnen.«

Wir zwei hatten uns auf den Weg zur neuapostolischen Kirche gemacht, wo es dieses Jahr ein Gospelkonzert gab. Bislang waren wir immer in der Kirche zum Gottesdienst gewesen, doch dieses Weihnachten wollte ich mal was anderes erleben.

Vor der Kirche auf dem Platz wimmelte es bereits vor Leuten, die alle zum Eingang strömten. Wenn wir noch einen guten Platz ergattern wollten, mussten wir uns endlich beeilen.

»Komm, Kind, ich will nicht ganz hinten auf den billigen Plätzen sitzen«, trieb ich Davina an.

Doch sie starrte nur auf ihr neues Telefon und wandelte wie ein Smombie durch die Gegend. »Pops, das Konzert ist doch kostenlos.«

Deshalb griff ich einfach wortlos zu ihrem Arm und bugsierte sie in Richtung Eingang.

Fünf Minuten später ließen wir uns auf die Holzbank sinken. Wir hatten vielleicht nicht mehr die Plätze in der ersten Reihe bekommen, saßen aber im guten Mittelfeld. Damit war ich vollkommen zufrieden. Vorne hatte sich bereits der Chor versammelt. Sie trugen allesamt blaue lange Roben und tuschelten wild durcheinander.

»Kannst du jetzt bitte dein Handy wegpacken?«, flüsterte ich Davina zu.

»Moment«, flüsterte sie zurück. »Wusstest du, dass Mona Seidel eine gefragte Bestsellerautorin ist?«

Ich nickte. »Klar, was meinst du, was ich gemacht habe, bevor ich dich abholen kam?«

Sie warf mir einen schnellen Seitenblick zu und grinste. »Gegoogelt?«

Ich nickte. »Aber nur kurz. Schließlich bin ich kein Stalker.«

Sie lachte auf und fummelte einfach weiter am Display herum. »Mist. Wo kann ich denn jetzt das Telefon auf lautlos stellen?«

Da fiel mir noch etwas ein. »Du sagtest, der Junge ist in deiner Badminton-AG. Hast du ihn mal gefragt, ob er dir einen Ball oder Schläger geben kann? Oder sich mit dir zusammen aufwärmen will?«

Ohne ihren Blick vom Display zu nehmen gab Davina zurück: »Pops, dann weiß er doch gleich, was los ist.«

Ausnahmsweise verdrehte ich die Augen. Versteh einer die Teenies.

***

MONA

Eine halbe Stunde später saßen alle vollgefressen sowie rundum zufrieden auf der Couch, schlürften Irish Coffee und lauschten den weihnachtlichen Klängen von Boney M.

»Wann machen wir eigentlich Bescherung? Vor oder nach dem Konzert?«, fragte Lisa zwischen zwei Liedern in die Runde. Dies war ein Punkt, an dem sich meine Familie nicht streng an irgendwelche Traditionen hielt.

Mein Herz klopfte los. Nun kam ich wirklich nicht mehr drum herum. Ach was soll's. Lange wie die Katze um den heißen Brei schleichen, nützte ja auch nix. »Also, ich muss euch da was beichten.«

Umgehend fixierten mich acht Augenpaare stumm. Unter den ganzen neugierigen Blicken fühlte ich mich unwohl.

»Was, dass du womöglich einen Lieferservice mit dem Essen beauftragt hast?« Meine Schwester zwinkerte mir zu.

Ich ärgerte mich über ihren spitzfindigen Kommentar. Sie hatte mir bereits das Geschenkpapier unter die Nase gerieben – immerhin hatte ich noch goldenes Schleifenband drumgewickelt, nachdem ich die Geschenke in Zeitungspapier verpackt hatte. Oder die Hundehaare auf dem Boden – man glaubt es kaum, aber ich war in dem Chaos wirklich nicht mehr dazu gekommen, noch die Wohnung zu saugen. Aller »guten« Dingen waren drei und ich hatte große Lust, sie achtkant aus der Wohnung zu werfen. Konnte sie nicht wenigstens einmal einfach glauben, dass auch ich etwas auf die Reihe bekam? Das Essen war mir doch wirklich gut gelungen, wenn auch erst beim zweiten Mal, aber das wusste sie ja nicht.

»Nein, dass ich euch Fertiggerichte vorgesetzt habe natürlich«, gab ich deshalb extra bissig zurück.

Meine Schwester rollte daraufhin gleich theatralisch mit den Augen. Ihre Art mir zu sagen, dass sie sich einen weiteren Kommentar wegen unserer Mutter nur schwer verkneifen konnte. Ich schluckte ebenfalls einen weiteren Kommentar herunter und holte tief Luft. Jetzt oder nie. »Ich habe leider keine Karten mehr für das Weihnachtskonzert bekommen.«

Lisa riss die Augen auf. »Was? Aber wir gehen doch jedes Jahr hin. Hast du etwa vergessen, welche zu besorgen?«

Leise seufzte ich auf. Schweigen fiel mir bei ihr wirklich schwer. Aber es war Heiligabend und ich wollte einfach nicht streiten. »Ich hatte erst gedacht, wir holen einfach Karten an der Abendkasse, aber dieses Jahr gibt es keine.«

»Ist ja mal wieder typisch«, legte meine Schwester gleich los. Wenn sie eine Schwäche an Menschen fand, konnte sie nicht umhin direkt gnadenlos das Messer hineinzustoßen und sogar ein paar Mal in der Wunde herumzustochern, wie ein Schürhaken im heißen Feuer. »Würdest du vielleicht mal eine To-do-Liste anlegen, so wie ich es dir ständig predige, würdest du auch nichts vergessen. Du solltest dir mal ein Beispiel an mir nehmen. In sechs Jahren Modelbusiness habe ich nicht ein einziges Mal auch nur eine Tube Make-up vergessen«, ätzte sie weiter. »Nur du kriegst es mal wieder nicht gebacken, innerhalb von zwölf Monaten fünf blöde Karten zu besorgen.«

»Mädchen, bitte«, jammerte meine Mutter. Mein Vater und mein Großvater tauschten nur Blicke aus.

Ich war bereits wütend von meinem Sessel aufgesprungen. Wieso war sie immer so darauf aus, mich mit ihr zu vergleichen? Und woher nahm sie das Recht, mich zu kritisieren – nach allem, was sie mir angetan hatte?

»Immerhin vergesse ich nicht, welche Männer für mich tabu sind, dafür brauche ich keine Liste«, bemerkte ich. »Ich glaube, ich will gar nicht wie du sein. Kurz gesagt, zwischen uns liegen Welten. Und das ist auch ganz gut so.« Angriffslustig stemmte ich die Hände in die Hüften. Lange genug hatte ich mir doch Lisas hochmütige Art gefallen lassen. »Zum Glück, denn zwei arrogante Models würde Mutti nämlich sicher nicht ertragen. Außerdem bin immer ich diejenige, die hier zu Hause ist und sich um den Rest der Familie kümmert, während du durch die Weltgeschichte jettest und nur dann kommst, wenn es dir passt.«

Lisa sprang nun ebenfalls auf. Provokant reckte sie ihr Kinn nach vorne. »Aber zwei alte Jungfern, die sich einigeln und die Wohnung lediglich virtuell verlassen, würde Mutti auch nicht ertragen. Und ich habe ihr zumindest was zu erzählen, wenn ich nach Hause komme.«

Ich sog scharf die Luft ein. »Wenn du mal kommst! Was für gewöhnlich nur an Weihnachten, Ostern oder

Geburtstagen vorkommt, wo du anderen Leuten zu allem Überfluss noch die Freunde vor der Nase wegschnappst.« So das musste mal gesagt werden. Viel zu lange hatte ich doch wegen meiner Mutter gute Miene zum bösen Leonspiel gemacht.

»Mädchen, bitte«, jammerte meine Mutter wieder.

»Lass sie«, meinte Opa Günther ruhig.

»Immer raus damit, wenn's keine Miete zahlt«, pflichtete mein Vater ihm bei und streichelte meiner Mutter beruhigend die Hand.

Und ja, jetzt reichte es mir. Lisa konnte sich doch nicht alles erlauben.

Meine Schwester schnaubte auf. »War ja klar, dass du das wieder ausgraben würdest. Anscheinend bist du über den Typen immer noch nicht hinweg.«

»Wieso hast du dir DEN TYPEN denn überhaupt gegriffen?«, echauffierte ich mich. Doch Lisa schwieg. Sie presste lediglich die Lippen aufeinander und schien sich nicht dazu äußern zu wollen.

Wir beide standen uns nun auffordernd gegenüber und fixierten uns gegenseitig mit bösen Blicken. Es war nur eine Frage der Zeit, wann die Erste mit Haareziehen, Kratzen, Beißen oder Spucken anfangen würde.

Meine Mutter sprang nun doch auf. »Mädchen, streitet euch bitte nicht. Und schon gar nicht wegen eines Kerls, der es wirklich nicht wert ist. Eigentlich wollten wir uns da alle raus halten, aber ehrlich gesagt war Leon alles andere als ein Mann mit Charakter, um den man sich streiten müsste.«

Ich warf meiner Mutter einen konsternierten Blick zu. »Ich soll Lisa also auch noch dankbar sein? Und warum habt ihr vorher nie etwas dazu gesagt? Ich bin immer davon ausgegangen, ihr mögt ihn!«

Mutter neigte den Kopf. »Na ja, mögen ist zu viel gesagt, er war halt dein Freund. Da hält man sich eben zurück.«

Mit einem empörten Zischlaut entwich die Luft aus meinen Lungen. »Ach so und deswegen hält man sich auch zurück, wenn die eine Tochter der anderen Tochter den Kerl ausspannt, oder was?«

Meine Mutter schüttelte den Kopf. »Nein. Weil ihr eigentlich alt genug seid, das alleine und auch unter euch zu regeln. Aber stattdessen habt ihr euch um diesen Kerl gestritten, wie die Kesselflicker. Seit euch danach aus dem Weg gegangen und habt die Familie auseinandergerissen.« Sie seufzte auf. »Und jetzt fängt das Theater schon wieder an. Dabei ist doch Weihnachten. Das Fest der Liebe und Besinnlichkeit.« Mutter kam kopfschüttelnd auf uns zu. »Wenn Mona keine Karten mehr bekommen hat, dann ist das doch kein Beinbruch. Deswegen muss man sich nicht streiten. Wichtig ist, dass es uns allen gut geht, wir lecker gegessen haben und dankbar darüber sein können, ein angenehmes Leben zu führen.«

Schließlich mischte sich auch Opa ein. »Ich sehe das genauso. Leon war ein schmarotzendes Weichei, also sei froh, dass du ihn los bist und Weihnachten heißt auch mal darüber nachzudenken, wie es vielleicht anderen Menschen geht. Das wäre Leon doch nie in den Sinn gekommen.«

Paps erhob sich ebenfalls von seinem Sessel. »Stimmt. Bei Leon habe ich mich außerdem immer gefragt, wann er sich den Stock aus dem Hintern operieren lässt. Hat nie über meine Witze gelacht.« Er gackerte über seinen Kalauer, wurde aber gleich wieder ernst. »Und früher gab es zu Weihnachten nur was Besonderes zu essen, eine Kleinigkeit geschenkt, und man blieb mit der Familie schön zu Hause und spielte Gesellschaftsspiele.«

Offensichtlich hatte meine ganze Familie Leon nicht leiden können. Außer Lisa. Die ja sogar mit ihm ins Bett gehüpft war.

»Und wichtig ist, dass man sich der Familienbande bewusst wird«, griff meine Mutter Paps letzten Satz auf. »Trotz allem, was gewesen war, seid ihr Geschwister und solltet eigentlich zusammenhalten. Natürlich war es von Lisa nicht die feine englische Art, das habe ich ihr aber auch gesagt. Dennoch wenn Leon ein Charakterkerl gewesen wäre und dich wirklich geliebt hätte, hätte er sich gar nicht erst auf Lisa eingelassen. Deswegen hatte er dich nicht verdient. Er hat keine meiner beiden Töchter verdient.«

Meine Mutter lächelte mir besonnen zu und wischte sich ein Tränchen aus dem Augenwinkel. »In Ordnung?«

Fassungslos blickte ich von einem zum anderen. Das musste ich erst mal sacken lassen.

Paps stand auf und kam auf mich zu. »Vielleicht sollten wir einfach eine Runde mit dem Hund spazieren gehen, Bescherung machen und den Abend ruhig ausklingen lassen. Ende gut, alles gut?«

Ich nickte, auch wenn ich nicht das Gefühl hatte, dass alles schon wieder gut war. Opa Günther nickte auch. Lisa sagte säuerlich: »Okay, gehen wir eben nur mit dem Hund.« Immerhin waren wir uns einig, dass wir uns uneinig waren.

KAPITEL 19

Zeit zu schweigen, zu lauschen, in sich zu gehen.
Nur wer die Ruhe beherrscht, kann die Wunder noch
sehen,
die der Geist der Weihnacht den Menschen schenkt.
Auch wenn so mancher anderes denkt.

– Verfasser unbekannt –

DAVID

Der Chor hatte sich aufgestellt, die Kirche war gerammelt voll, Davina war endlich erfolgreich von ihrem neuen Handy losgeeist. Sie hakte sich bei mir ein und beugte sich zu mir herüber. »Pops?«

Ich stöhnte auf. »Du sollst mich doch nicht immer so nennen.«

Sie grinste. »Vielleicht lädst du sie einfach mal auf einen Kaffee ein. Oder du reparierst ihren Rechner ganz schnell und bringst ihn ihr. Als Weihnachtsgeschenk.«

Ich antwortete meiner Tochter, dass ich mir das mit dem Rechner auch schon überlegt hätte, doch meine Worte wurden durch die ersten Takte des Eröffnungsliedes übertönt.

***

MONA

Ein schweigsames Grüppchen von fünf Leuten und einem Jack Russel schlich durch den Park. Alle waren in sich gekehrt. Selbst der Hund trottete trüb durch die verschneite Landschaft und hob nur hier und da ein Bein.

Die Worte meiner Mutter vorhin hatten etwas in mir ausgelöst. Eine Gefühlswelle aus Wut, Enttäuschung, Verwirrung und Traurigkeit, die jetzt bei jedem Schritt über mich hinweg schwappte.

Wenn Leon dich wirklich geliebt hätte …

Immer und immer wieder ging mir dieser Satz bis ins Mark. Bislang hatte ich meiner Schwester die Schuld an der ganzen Misere gegeben, aber vielleicht hatte Mutter recht. Vielleicht war ich nicht die Richtige für ihn oder Leon nicht der Richtige für mich. Wenn ich ehrlich zu mir selbst war, hat er mich doch nach der ersten Verliebtheit oft nur gestört, weshalb ich froh war, dass er mit Lisa losgezogen war. Dann konnte ich in Ruhe an meinen Romanen arbeiten, die eigentlich doch keinen Raum für ein echtes Leben ließen. Je mehr ich arbeitete, desto besser lief es, desto mehr wollte ich nicht nur schreiben, sondern musste es vertragsbedingt auch. Ein Teufelskreis, durch den ich zu einem Einsiedlerautorenkrebs mutiert war, der sogar beinahe Heiligabend verpasst hätte.

Ich hing mir seufzend die Leine um den Hals, um meine Hände tief in den Jackentaschen vergraben zu können. Es war ziemlich kalt und meine Finger fingen langsam an zu kribbeln. Für das nächste Jahr nahm ich mir vor, wieder etwas mehr aus mir herauszukommen und ins echte Leben zurückzufinden. Das mit dem Lebensmittelabo und dem Online-Banking ließe ich besser bleiben, denn an sich war es ja gut so, einen Grund zu haben das Haus zu verlassen. Und die Cyberkriminalität war wirklich nicht zu verachten. Ich musste schon wieder ein bisschen grinsen. Während ich meine tauben Finger in den Jackentaschen aufwärmte, ertastete ich dabei mit der rechten Hand ein zusammengeknülltes Stück Papier. Neugierig holte ich es hervor und besah mir den Zettel genauer. Es war der Zettel, den mir der schwarze Obdachlose vor dem Supermarkt zugesteckt hatte. Allerdings handelte es sich nicht um Obdachlosenwerbung wie vermutet, sondern um eine Einladung zum offenen Weihnachtsgospel in der neuapostolischen Kirche nur zwei Straßen von hier entfernt. Das Konzert war sogar kostenlos und begann laut dem Zettel um halb acht. Schnell warf ich einen Blick auf meine Armbanduhr. Zwanzig nach sieben. Ein Madrigalchor war das zwar nicht, aber vielleicht trotzdem ganz nett. Wenn wir uns sputen würden, könnten wir es sogar noch pünktlich schaffen.

»Stopp!«, schrie ich in die Stille hinein. Meine Stimme hallte durch den Park.

Alle blieben abrupt stehen und drehten sich überrascht zu mir um. »Wir müssen hier lang.« Ich zeigte mit dem Arm nach links.

»Was ist los?« Meine Mutter sah mich fragend an. »Haben wir uns etwa verlaufen?«

»Nein, aber ich habe womöglich noch eine Überraschung für euch. Also los jetzt. Hopp, hopp.« Ich klatschte zweimal in die Hände. »Schließlich ist Weihnachten nur einmal im Jahr.«

***

DAVID

Während des ersten Liedes rotierte mein Gehirn. Wenn ich ihren Rechner reparieren und ihn zu ihr nach Hause bringen würde, wäre das doch recht unverfänglich. Immerhin war sie meine Kundin und hatte mir den Auftrag dazu erteilt. Aber was, wenn sie sich nachher belästigt fühlte und dies mündlich weitertrug? Womöglich hielt sie mich noch für einen Stalker. Das konnte für meinen Laden auch schlecht sein. Ach, Quatsch. Vermutlich würde sie mir eher um den Hals fallen. Vor allem, wenn ich ihr Manuskript retten würde. Hoffentlich war die Festplatte noch in Ordnung. Aber was wenn das Manuskript nicht zu retten wäre? Würde sie dann nicht das negative Erlebnis mit mir verbinden?

Ehrlich gesagt machte ich mir gerade viel zu viele Gedanken. Und vielleicht steigerte ich mich da auch in etwas hinein. Das kommt davon, wenn man seine Liebesprobleme entweder mit einer Pubertierenden oder einem versoffenen Dauersingle bespricht. Es war wohl Zeit, die Sache selbst in die Hand zu nehmen.

Mona Seidel war zwar nett und ich trotz allem überzeugt davon, dass es irgendwie Schicksal gewesen sein musste. Denn wie in aller Welt ist es möglich, einem völlig fremden Menschen innerhalb von 24 Stunden zweimal zu begegnen? Wie hoch war da statistisch

110

gesehen die Wahrscheinlichkeit? Dennoch glaubte ich, ich machte mir etwas vor. Sicher hatte sie einen Freund und wollte überhaupt nichts von mir wissen. Und was die Statistik betraf: In der Ausbildung zum IT-Techniker hatte ich immer schon Probleme damit gehabt. Vielleicht interpretierte ich in die zwei Treffen viel zu viel hinein. Zumindest mathematisch gesehen.

Seufzend versuchte ich, mich auf den tollen Gesang zu konzentrieren. Doch wirklich mitreißen konnte mich *Oh Happy Day* heute nicht, weil mir die ganze Zeit Mona Seidel im Kopf herum schwirrte.

***

MONA

»Wir sollen hier rein?« Lisa zog skeptisch ihre perfekt gezupften Augenbrauen hoch. War ja klar, dass sie so reagierte. Es war ja kein Konzert der New Yorker Philharmoniker.

»Ist das etwa unter deinem Niveau?«, konnte ich mir nicht verkneifen.

Opa Günther sagte lediglich: »Also ich find's gut. Endlich mal was Neues. Wenn ich ehrlich bin, war ich das altertümliche Geleier sowieso schon lange leid. Ist doch jedes Jahr dasselbe.«

»Vati!«, empörte sich meine Mutter. »Altertümliches Geleier? Und wieso hast du das dann nicht schon viel eher gesagt?«

Opa hob die Schultern. »Ihr ward immer so begeistert und ich wollte euch nicht verletzen. Aber ich fände es schön, wenn wir in Zukunft auch mal was anderes machen. Vielleicht gehen wir mal ins Varieté oder zu Helene Fischer. Schließlich sollte ich die mir verbliebene Zeit noch nutzen.«

»Was meinst du mit verbliebene Zeit?«, hakte ich erschrocken nach. »Bist du etwa krank?«

Doch Opa grinste nur. »Quatsch. Aber ich bin schließlich nicht mehr der Jüngste und habe die meisten Weihnachten in meinem Leben schon gefeiert.«

Ich stutzte. Doch dann wurde mir klar – Opa hatte recht. »Apropos Varieté, Günther, kennste den? Sitzt ein Kaninchenpärchen im Varieté und sieht zu, wie der Zauberkünstler ein Karnickel nach dem anderen aus dem Hut zaubert. Da sagt sie zu ihrem Mann: Also ehrlich, da ist mir unsere Methode aber wesentlich lieber.« Papa lachte laut auf und haute sich auf die Schenkel. Wir alle stimmten in sein Gelächter mit ein. Wenn auch mehr aus Solidarität.

Mittlerweile waren bereits die ersten Klänge aus der Kirche zu hören, die vom Wind zu uns herübergeweht wurden.

»Was ist jetzt?«, fragte ich deshalb ungeduldig in die Runde. »Gospel oder nicht Gospel? Das ist hier die Frage!«

***

DAVID

Das leise Quietschen der Eingangstür war trotz des Gemurmels der Leute, die in der kurzen Gesangspause miteinander redeten, nicht zu überhören gewesen. Neugierig wandte ich mich um und sah ein Grüppchen von Menschen hereinkommen. Als Erste betrat eine dunkelhaarige Schönheit die Kirche, dahinter humpelte ein älterer Herr herein, gefolgt von einem Pärchen, die vom Alter her vermutlich auch gut meine Eltern sein könnten. Hinter dem Pärchen schummelte sich noch jemand herein. Eine kleine Person mit einem Hund auf dem Arm. Dunkelblond, offene schulterlange Haare, hübsches Gesicht. Etwas an der Frau kam mir bekannt vor. Und in diesem Moment durchzuckte es mich wie ein Stromschlag – nur viel schöner. Es war Mona Seidel. Mein Herz schlug einen Salto. So viel also zum Thema Statistik.

Der Chor begann das nächste Lied anzustimmen. *Amazing Grace.* Das Grüppchen rund um Mona Seidel nahm hastig in der hintersten Reihe platz. Sie ebenfalls. Der Hund, den sie auf ihrem Schoß hielt, war vermutlich ihr obligatorischer Schriftstellerhund. Nur einen Freund konnte ich weit und breit nicht ausmachen. Sollte mir das vielleicht was sagen?

Ich seufzte auf. Am liebsten wäre ich sofort hingelaufen, um Hallo zu sagen. Aber dazu musste ich leider bis Konzertende warten.

»Was ist, Pops? Stimmt was nicht?« Davina verrenkte sich den Hals und sah sich um.

Ich musste grinsen. »Nichts, mein Kind, alles in Ordnung. In bester Ordnung, um genau zu sein.«

KAPITEL 20

Wird es dunkel vor dem Haus,
kommt zu uns der Nikolaus.
Hat uns etwas mitgebracht,
schöner als wir je gedacht.
Steht der Baum im Lichterschein,
gehen wir zur Tür hinein.
Weihnacht, Weihnacht – es ist wahr,
ist das schönste Fest im Jahr

– Verfasser unbekannt –

MONA

»Ach, hallo, was für ein Zufall.« Jemand tippte mir auf die Schulter. Ich drehte mich um und riss überrascht die Augen auf. Es war David Haim, der Techniker, der meinen Laptop reparieren sollte. Neben ihm stand ein junges Mädchen im Teeniealter und ganz unverkennbar seine Tochter. Sie hatte lange braune Haare und genau dieselben dunkelgrünen Augen wie er.

»Äh ... Hallo ... ja ... das ist allerdings ein Zufall«, stotterte ich los.

Er lächelte charmant und gab mir die Hand. Mein Herz schlug direkt einen Takt schneller, weil der

Hautkontakt mich irritierte. Um mich selbst abzulenken, zwang ich mich, etwas zu sagen. »Ähem … Tja, sonst sind wir an Heiligabend eigentlich immer woanders, aber wir haben dieses Jahr keine Karten für das Konzert mehr bekommen und sind spontan hier eingekehrt.« Ich bemühte mich um ein verhaltenes Lächeln. »Wir haben ganz hinten gesessen.«

Er lachte auf. »Tja, und wir singen sonst immer traditionell im Gottesdienst, aber dieses Jahr haben wir uns gedacht, gehen wir mal in ein Gospelkonzert. Nicht?« Er sah zu seiner Tochter, die zustimmend nickte.

Schließlich schob er sie ein Stück in meine Richtung. »Davina, das ist Mona Seidel. Sie ist eine Kundin von mir.« Er grinste seine Tochter an.

Davinas Augen wurden zunächst größer, doch dann begannen sie spitzbübisch zu funkeln. »Die Autorin, die typischerweise keine Dasi von ihrem Buch gemacht hat?«, sagte sie an ihren Vater gewandt.

David Haim wurde augenblicklich rot. »Äh … ja, genau«, stammelte er unbeholfen.

Seine Tochter reichte mir grinsend die Hand. »Nett sie kennenzulernen, Frau Seidel. Mein Vater hat mir vorhin von Ihnen erzählt, auch dass er Sie gegoogelt hat, um zu wissen, was genau Sie denn nun schreiben.« Sie zwinkerte verschwörerisch.

David Haim warf seiner Tochter einen strafenden Blick zu, bevor er sich wieder an mich wandte. »Tut mir leid. Meine Tochter ist immer recht vorlaut und sarkastisch. Hat sie wohl von ihrer Mutter geerbt.« Er warf ihr einen weiteren Blick zu und schüttelte unmerklich den Kopf.

Der Teenie knuffte ihm fest in die Seite. »Pops, ich bin doch nur ehrlich. So wie du es mir immer beigebracht hast.« Ihre Stimme gluckste beim Sprechen. David Haim verwuschelte ihr daraufhin liebevoll die Haare. Sie schrie auf. »Nicht, Pops, lass das.«

Nun musste ich auch grinsen. Die Kabbelei zwischen den beiden fand ich irgendwie lustig. David wandte sich wieder an mich. »Es tut mir leid.«

Ich lächelte ihn an. »Muss Ihnen nicht leidtun, Sie haben ja recht. Ich hätte wirklich mal zwischendurch eine Dasi machen müssen. Das tue ich viel zu selten. Außerdem schreibe ich historische Liebesromane.«

Er nickte. »Hat Google mir auch verraten.« Er schürzte die Lippen, als würde er überlegen. »Und was die Dasi betrifft, wenn Sie möchten, könnte ich Ihnen da ein spezielles NAS-Laufwerk empfehlen, das einmal am Tag automatisch eine Datensicherung durchführt.«

Ich lächelte ihn an. »Warum nicht. Wenn ich den Laptop abholen komme, werde ich gerne auf Ihr Angebot zurückkommen.«

Jemand drängte sich plötzlich an mich und hakte sich bei mir unter. Es war Lisa. »Na hallo, wen haben wir denn da«, sagte sie an David gerichtet. »Was ist, willst du mir deinen neuen Freund denn gar nicht vorstellen?«

Etwas in mir sträubte sich. Am liebsten hätte ich meiner Schwester gesagt, sie solle sich zum Teufel scheren. Doch um des lieben Friedens Willen tat ich es natürlich nicht.

Der Rest meiner Familie gesellte sich nach und nach hinzu. Ich stellte allen David Haim vor. Eine Zeit lang standen wir als nettes Grüppchen vor der Kirche und unterhielten uns – wie viele andere auch – über das tolle Konzert. In der Tat war es eine Abwechslung gewesen und selbst Opa, der sonst meist stoisch die Musik auf sich wirken ließ, war schlichtweg begeistert. Er war nicht nur aufgesprungen und hatte mitgeklatscht, nein, er hatte sogar mitgesungen. Wahrscheinlich hatte ihm das all die Jahre bei den Madrigalen gefehlt. Also rundum ein gelungener Abschluss für diesen Heiligen Abend.

Während wir uns miteinander über das gelungene Konzert unterhielten, hielt sich David die ganze Zeit über verdächtig nah bei mir auf, sodass ich ihm hin und wieder einen verstohlenen Blick schenken konnte. Seine Augen leuchteten stolz, wenn er von seiner Tochter sprach und sobald er lachte, zeigten sich kleine Fältchen um seine Augen. Hach, schade, dass er verheiratet war.

Die dezent gestreuten Hinweise von Lisa, sie sei gerade solo, ignorierte er schlichtweg. Stattdessen schien er die Zeit nutzen zu wollen, um etwas mehr über mich zu erfahren. Er fragte nach dem Inhalt meines Manuskriptes, nach Pinot, der auf meinen Füßen saß und wo ich denn Silvester verbringen würde. Von Minute zu Minute zog er mich immer mehr in seinen sympathischen Bann. Allerdings fragte ich mich die ganze Zeit über, wie seine Frau wohl aussah und wo sie war. Immerhin hatte er sie bisher mit keinem Wort erwähnt.

Als seine Tochter ihm zuraunte – »Pops wir müssen endlich los, du weißt, Mom kriegt sonst wieder einen Koller, wenn du mich nicht pünktlich zu Hause absetzt«, dämmerte mir, dass er womöglich getrennt oder geschieden sein könnte.

David gab mir zum Abschied die Hand. Dabei sah er mir tief in die Augen und lächelte. Mein Herz schlug vor Aufregung glatt einen kleinen Purzelbaum.

»Es hat mich sehr gefreut, Frau Seidel. Wir sehen uns dann.« Sein Lächeln ließ meine Knie weich werden. Ich nickte nur stumm.

Davina hakte sich schließlich bei ihrem Vater ein und gemächlich liefen die beiden über den Kirchhof in Richtung Parkplatz. Enttäuscht sah ich ihnen nach. Nur zu gerne hätte ich mich noch länger mit ihm unterhalten.

Meine kleine Schwester stupste mich mit dem Ellenbogen in die Seite. »Der ist echt süß, woher kennst du ihn?«

Ich seufzte herzerweichend auf. »Er hat einen Computerservice und muss meinen Laptop reparieren.«

Lisa grinste frech. »Lass mich raten, du hast mal wieder keine Dasi von deinem neuen Manuskript gemacht, richtig?«

Abrupt drehte ich mich zu meiner Schwester um. »Willst du jetzt wieder damit anfangen, wie unorganisiert ich bin?«, stieß ich gepresst zwischen den Zähnen hervor.

Genervt verdrehte sie die Augen. »Nein, will ich nicht. Herrgott, du bist aber auch empfindlich. Man kann ja gar nichts mehr zu dir sagen, ohne dass du gleich an die Decke gehst.«

Wieder fühlte ich diese Wut in mir aufsteigen, die ich schon seit dem Vorfall mit Leon damals mit mir trug. Und da es sich noch nicht wieder gut anfühlte, war wohl der Streit auch noch nicht zu Ende. »Ach ja? Du schläfst mit meinem Freund, bezeichnest mich als

Versagerin, reibst mir jeden Fehler großzügig unter die Nase, den du finden kannst, und sagst dann, ich bin empfindlich? Merkst du eigentlich, wie egoistisch du bist?«

Vor Verblüffung klaffte Lisas Mund auf. »Egoistisch? Ich bin überhaupt nicht egoistisch.«

Wütend stemmte ich die Hände in die Hüften. »Dass du mit Leon im Bett warst, war also nicht egoistisch? Hast du beim Sex mit ihm vielleicht sogar an mich gedacht?«

Augenblicklich verdüsterte sich die Miene meiner Schwester. »Ehrlich gesagt, ja. Weil der Sex nämlich so schlecht war, weil ich dir gegenüber die ganze Zeit ein schlechtes Gewissen hatte.«

Ich lachte trocken auf. »Sag mal, glaubst du dir das eigentlich selber?«

Lisa kniff die Augen zusammen. »Nein natürlich nicht. Du hast recht. Vergiss einfach, dass ich was gesagt habe.« Sie drehte sich abrupt um.

Mir blieb vor Verblüffung glatt der Mund offen stehen. Wieso reagierte sie nun so defensiv? Normalerweise war meine Schwester doch eher auf Angriff gebürstet. Sollte ich ihr das mit dem schlechten Gewissen tatsächlich abnehmen?

»So, wollen wir jetzt endlich nach Hause gehen und Bescherung machen? Ich bin schon ganz gespannt, was für ein tolles Duschgel ich diesmal bekomme«, entgegnete sie zynisch. Dabei warf sie mir zwar einen bitterbösen Blick zu, der allerdings sehr bemüht war – irgendetwas an ihrer Fassade bröckelte.

***

»Ich glaube, sie ist ganz nett.« Davina ließ sich auf den Beifahrersitz fallen. Sie gurtete sich an.

Für einen Moment blieb ich ruhig sitzen und starrte nach vorne durch die Windschutzscheibe. Mir war klar, ich würde Mona Seidel ansprechen müssen – auf ein Date. Sonst würde ich mir auf ewig vorhalten, diese dreimalige Chance verpasst zu haben.

Seufzend startete ich den Motor und setzte langsam das Auto aus der Parklücke. Schließlich fädelte ich mich in den Verkehr ein.

»Jetzt mal echt, Pops. Mona Seidels Rechner ist kaputt und sie hat ihn bei dir in Reparatur gegeben. Lässt sich darüber nicht was machen?«

Vor einer roten Ampel drosselte ich die Geschwindigkeit. »Ich hatte daran gedacht, ihn morgen vielleicht zu reparieren.«

Davinas Augen leuchteten auf. »Und wenn du ihn fertig hast, fährst du einfach bei ihr zu Hause vorbei, drückst ihn ihr in die Hand und dann fragst du, ob sie nicht Lust auf einen Glühwein hätte oder so.«

Hastig warf ich ihr einen Seitenblick zu. Wieder mal wurde mir bewusst, wie erwachsen sie schon war. »Vielleicht hast du recht. Aber was, wenn sie mir einen Korb gibt?«

Meine Tochter zuckte mit den Schultern. »Andere Mütter haben auch schöne Töchter.« Aha. Davina war also genauso abgebrüht wie ihre Mutter, aber bei ihr war es wenigstens niedlich.

KAPITEL 21

Christkindlein trat zum Apfelbaum,
erweckt ihn aus dem Wintertraum.
»Schenk Apfel süß, schenk Apfel zart,
schenk Äpfel mir von aller Art!«
Der Apfelbaum, er rüttelt sich,
der Apfelbaum, er schüttelt sich.
Da regnet's Äpfel ringsumher;
Christkindleins Taschen wurden schwer.

– Ernst von Wildenbruch –

MONA

»Okay, das ist definitiv kein Duschgel.« Verblüfft betrachtete meine Schwester ihr Fitnessarmband.

»Es kann sich sogar mit deinem Smartphone connecten«, ließ ich sie stolz wissen.

Sie zögerte. Doch dann fiel sie mir um den Hals, was sich merkwürdig anfühlte, und flüsterte mir ins Ohr: »Danke, genau das hätte ich mir von den umgetauschten Sachen, die du mir sonst immer so schenkst, auch gekauft.«

Ich seufzte auf. Meine Schwester war halt so, wie sie war. Zu allem musste sie mir einen dummen Spruch reinwürgen. Ich würde sie aber auch nicht mehr ändern können, selbst wenn ich die nächsten hundert Jahre jedes Jahr Weihnachten das Fest übernehmen und zum Organisationstalent mutieren würde. Dennoch versteckte sich in ihrer Aussage auch ein kleines Lob. Ich hatte scheinbar das Richtige ausgewählt.

»Als ich es gesehen habe, wusste ich gleich, dass es was für dich ist, du Kalorienzählertante«, frotzelte ich.

»Chaosqueen«, schoss sie zurück, aber mit einem kleinen Lächeln. »Apropos, hier für dich.« Sie hielt mir ein dickes Paket hin, das sich nach dem Auspacken als der neue Roman einer berühmten Kollegin entpuppte. Bislang hatte sie mir immer nur nützliche Sachen geschenkt. Ratgeber zum Thema Selbstorganisation oder schicke Terminplaner.

»Hey, das wollte ich mir schon längst gekauft haben.«

»Weiß ich doch. Mutti hat mir gegenüber bestimmt hundert Mal erwähnt, dass du das unbedingt lesen willst.«

Ich nahm sie ein zweites Mal an diesem Abend in den Arm, was ungewohnt für mich war. Seit der Leongeschichte hatte ich körperlichen Kontakt zu meiner Schwester bewusst gemieden. Als ich spürte, wie sich mein Körper versteifte, ließ ich sie schnell wieder los und konzentrierte mich auf die Geschenke, die noch unter dem abstrakten Baum lagen.

Ich verteilte sie jeweils mit einem »frohe Weihnachten« auf den Lippen.

Paps begann direkt die besten Witze aus dem Buch vorzutragen und lachte sich halbscheckig darüber, während wir alle so taten, als würden wir ihn nicht hören. Opa las mit einem Kaffee in der Hand die ersten

Seiten seiner Politsatire und Mutter machte ihren neuen Tintenroller startklar. Pinot kaute derweil auf dem Stück Ochsenziemer herum, dass Lisa extra für ihn mitgebracht hatte.

Schließlich begann ich die Kaffeetassen im Esszimmer abzuräumen. Lisa half mir sogar dabei.

»Dein Techniker scheint nett zu sein«, bemerkte sie und trocknete heute sogar ohne Aufforderung meinerseits das gespülte Geschirr ab.

»Meinst du wirklich?«

Sie nickte. »Ich hab ihn zwar erst einmal gesehen, aber ich glaube schon.« Lisa stellte den trockenen Teller weg.

Auffordernd hielt ich ihr das gespülte Kuchenblech hin.

»Du«, begann sie und rieb verlegen an dem Blech herum. »Ich wollte mich noch mal bei dir entschuldigen.« Anschließend stellte sie es auf die Anrichte. Sie mied dabei meinen Blick.

»Wofür?« Ich zog den Stöpsel vom Spülbecken und das Wasser lief ab.

»Das ich mit Leon geschlafen habe. Mutti hat recht. Das war wirklich nicht die feine englische Art.«

Mein Herz schlug schneller. Zwei Jahre lang hatten wir das Thema gemieden. Doch jetzt schien mir, als wenn Lisa die Sache aus der Welt schaffen wollte.

»Aber warum entschuldigst du dich erst jetzt?«

»Weil ich mich geschämt habe. Welche vernünftige Frau schläft denn bitte mit dem Freund der eigenen Schwester? Dafür gibt es normalerweise keine Entschuldigung.«

»Und warum hast du es dann überhaupt getan?«

Lisa griff zögerlich zu einem weiteren Teller, den sie nachdrücklich trocken rieb, ohne mir dabei in die Augen zu sehen. »Ich weiß nicht. Es ist einfach passiert. Wir waren auf dieser Weihnachtsfeier der Kunstgalerie und ich hatte vielleicht auch ein Gläschen Sekt zu viel. Vielleicht auch eine Flasche. Ich hatte einen blöden Tag hinter mir. Ein paar Jobs nicht bekommen, weil ich, ich … zu alt für Jobs war.« Ich starrte sie mit großen Augen an. Natürlich – wenn es auf die Dreißig zugeht, ist man bei Models schon ein altes Eisen. »Als Leon mich dann nach Hause gebracht hat, hat er mich einfach geküsst, mir gesagt, wie schön er mich findet und da ist es eben passiert.« Sie stellte den Teller in das Regal über dem Herd. »Aber im gleichen Moment habe ich es schon wieder bereut. Ich habe Leon rausgeworfen und von ihm verlangt, dass er es dir sagt.«

Wieder kamen in mir die Bilder hoch, wie er vor mir gestanden und mir die Sache gebeichtet hatte. Mir mitteilte, dass er mehr für Lisa empfand als für mich.

Selbst nach der langen Zeit musste ich schwer schlucken und mir die Tränen verkneifen. Es war so verletzend gewesen.

Lisa räusperte sich. »Ich glaube, ich wollte einfach nur Bestätigung, dann der viele Alkohol … Ich wollte mich einfach nur besser fühlen, aber es war so mies … Und die ganze Zeit, ich hatte so ein schlechtes Gewissen. Ich habe mich vor mir selbst geschämt. Und als ich es dir sagen und mich bei dir entschuldigen wollte, bist du gleich wie eine Furie auf mich losgegangen und hast mich wüst beschimpft.«

Auch daran konnte ich mich nur allzugut erinnern. Ich war, nachdem ich Leon rausgeworfen hatte, gleich zu Lisa gefahren, um ihr ordentlich die Meinung zu geigen. Aber war meine furienartige Reaktion in diesem Moment denn nicht verständlich gewesen? Wie hätte sie reagiert, wenn ich ihr den Freund ausgespannt hätte?

»Du hattest mit Leon geschlafen, was hast du da erwartet, wie ich reagieren würde? Dir das Köpfchen streicheln und sagen gut gemacht?« Wütend drehte ich mich zurück zum Spülbecken.

Lisa schnaufte auf. »Natürlich nicht. Aber zumindest hättest du mich mal ausreden lassen können. Ich wollte dir damals schon sagen, wie schlecht ich mich gefühlt habe, aber es hat so wehgetan, ich konnte es nicht sofort sagen ...«

Für einen Moment schwiegen wir beide. Ich schrubbte ungehalten das Spülbecken, Lisa ordnete laut klirrend das Geschirr im Schrank. Zwei Jahre war es jetzt her, dass sie einen Fehler begangen hatte. Und nun entschuldigte sie sich einfach bei mir. Nach zwei Jahren. Und das sollte ich ihr so glauben? Ehrliche Zweifel machten sich in mir breit.

»Meinst du das wirklich ernst?«, hakte ich nach.

»Was?«

»Dass es dir leidtut. Denn wenn nicht, solltest du so was besser nicht sagen.«

Lisa atmete laut hörbar ein. »Mona, glaube mir, wenn ich könnte, würde ich es alles ungeschehen machen.«

»Aber warum dann jetzt erst?«

»Das habe ich schon gesagt, ich habe mich geschämt«, sagte sie nachdrücklich.

Ich warf wütend den Schwamm ins Becken, sodass etwas Wasser hoch spritzte. »Also, dass du dich geschämt hast, davon habe ich aber nie etwas bemerkt. Du hast keine Gelegenheit ausgelassen, mich zu piesacken. Mich nieder zu machen oder mich zu kritisieren.«

Meine kleine Schwester zuckte entschuldigend mit den Schultern. »Meinst du, es fällt mir leicht, zuzugeben, dass ich einen Fehler gemacht habe?«

Ich musterte sie. Sie erwiderte meinen Blick. In ihren Augen lag ein flehender Ausdruck. Immer wollte sie ihre perfekte Fassade aufrechterhalten, aber jetzt gab sie zu, Fehler zu machen. Meinte sie es wirklich ernst?

»Dann schwör auf das Leben unserer Mutter.« Eine Sache, die wir als Kinder immer gesagt haben, wenn es ehrlich sein sollte. Natürlich absolut albern, aber das Einzige, was mir in diesem Moment einfiel, um zu testen, ob sie es wirklich so meinte.

»Ich schwör auf das Leben von Mutti, Vati und Opi«, gab Lisa mit leiser Stimme zurück.

Was hatte Mutti noch gesagt? Ihr seid Geschwister und solltet zusammen halten ...

Langsam drehte ich mich zurück zur Spüle und griff zu dem Schwamm, um ihn auszuwringen. Der Anblick des grünen Küchenutensils aus Schaumstoff erinnerte mich an etwas. An den grünen wasserfesten Filzstift, mit dem ich Lisa angemalt hatte, als ich elf Jahre alt war, womit sie beinahe eine Woche mit *Meine Schwester ist doof* auf der Stirn rumgelaufen war.

»Schwamm drüber, Schwesterchen. Was gewesen war, wird niemals wieder sein!« Augenblicklich atmete Lisa laut auf. »Danke, Mona.«

KAPITEL 22

Noch einmal ein Weihnachtsfest,
immer kleiner wird der Rest.
Aber nehm' ich so die Summe,
alles Grade, alles Krumme,
alles Falsche, alles Rechte,
alles Gute, alles Schlechte,
rechnet sich aus all dem Braus
doch ein richtig Leben draus.
Und dies können ist das Beste
wohl bei diesem Weihnachtsfeste

– Theodor Fontane –

DAVID

»Willst du vielleicht jetzt kurz reinkommen?« Ina kniff die Lippen zusammen. Sie war angespannt. Sicher erwartete sie einen dummen Spruch von mir, so wie sonst auch.

Davina, die hinter Ina in der Diele stand, bedeutete mir, mit stummer Gestik ja zu sagen.

Ich zögerte. Sicherlich würden Ina und ich nach allem, was passiert war, nie wieder Freunde werden. Doch in Anbetracht der Tatsache, dass wir eine gemeinsame Tochter hatten, wäre es sinnvoll, endlich das Kriegsbeil zu begraben. Oder zumindest etwas zu entschärfen. »Aber nur kurz. Ich muss morgen früh raus.«

»Traditioneller Weihnachtsbrunch mit Tobias' Familie?« Ina lächelte zögerlich. Sie war immer noch attraktiv mit ihren langen dunklen Haaren und der schlanken Figur. Seltsamerweise erinnerte sie mich irgendwie an Mona Seidels Schwester. Selbst der Klamottenstyle von Ina ähnelte dem des Models.

»Klar, was sonst. Du weißt doch, dass seine Eltern mich schon vor Jahren heimlich adoptiert hätten, wenn ich nicht selbst so liebevolle Eltern gehabt hätte.« Ich trat ein. Davina verzog sich mit ihrem neuen Smartphone in ihr Zimmer. Plötzlich war ich mit meiner Ex ganz allein. Zum ersten Mal seit Monaten, ach was sage ich da – beinahe zwei Jahren.

Ina lief voran ins Wohnzimmer, ich folgte ihr wortlos. Als sie sich mir gegenüber auf den Sessel sinken ließ, fiel mir etwas auf. Zum ersten Mal seit knapp zwanzig Jahren blieb mein Herz beim Anblick von Ina völlig bewegungslos. Früher hatte es einen Salto geschlagen, weil es verliebt war, hinterher dagegen, weil es so wütend auf sie gewesen war. Nun hüpfte es anscheinend nur noch bei dem Gedanken an Mona Seidel wie wild auf und ab.

»Wie geht's dir so?«, begann sie beiläufig das Gespräch.

»Gut und dir?«, gab ich wiederum tonlos zurück.

Sie zuckte mit den Schultern. Irgendwie sah sie nicht gerade glücklich aus. Ob ihr Lover sie nicht befriedigte?

»Manchmal vermisse ich dich«, begann sie.

Verwundert verzog ich das Gesicht. »Mich? Wieso mich? Wir sind doch geschieden.«

Sie nickte. »Ich meine auch mehr das Familienleben, die perfekte Harmonie in unserer Beziehung, ach ...« Für einen Moment zögerte Ina. »Was rede ich da. Ich vermisse einfach alles. Auch dich.« Sie fiel also direkt mit der Tür ins Haus. Wer hätte das gedacht.

Ich schluckte. Wie oft hatte ich mir diesen Moment vorgestellt? Sicher tausendmal. Aber genau jetzt wollte ich das eigentlich nicht hören. Nicht mehr zumindest. Im ersten Jahr hätte ich es mir noch gewünscht, aber nicht jetzt, wo ich endlich dabei war, über sie hinwegzukommen. Die ganze Sache schließlich ad acta zu legen. Wie konnte sie mir das bloß antun? Mich wieder an den Bienenstock zu fesseln und draufzukloppen.

Mein Hals zog sich vor Wut zu. »Ina, du hast damals die Scheidung gewollt«, wies ich sie heiser in ihre Schranken.

Hastig nickte sie. »Um Gottes willen, natürlich. Ich wollte dir auch gar keinen Vorwurf machen oder so was.« Sie schlang die Arme um ihren Körper, als würde sie frieren. »Nur manchmal frage ich mich, wie es wohl mit uns gelaufen wäre, wenn du den Laden nicht aufgemacht hättest.«

Ich schüttelte den Kopf, weil ich nicht verstehen konnte, warum sie mir, was den Laden betraf, wie immer ein schlechtes Gewissen einredete. Das hatte sie schon damals gerne gemacht. Wieso fing sie jetzt wieder damit an? Ich wusste, dass es keine gute Idee gewesen war, hier hochzukommen.

»Wäre es dir vielleicht lieber gewesen, wenn ich einen auf arbeitslos gemacht hätte? Und du hast doch auch davon profitiert, dass ich immer arbeiten war.«

In ihren Augen schimmerten plötzlich Tränen. Völlig unverständlich für mich. »Das meine ich doch gar nicht. Ich glaube nur, dass der Laden uns entzweit hat. Ständig warst du weg, ich immer mit allem alleine.«

In diesem Moment verschwieg ich ihr natürlich, dass ich tatsächlich ähnliche Gedanken gehabt hatte. Doch mittlerweile war ich mir sicher, wäre unsere Ehe stabiler gewesen, hätte uns meine Selbstständigkeit eigentlich nichts anhaben können. Auch kein Bürofuzzi.

»Weißt du noch, was du damals zu mir gesagt hast? Wir haben uns auseinandergelebt ...« Ich rutschte unruhig auf der Couch herum »Wir haben uns in der Schule kennengelernt, unsere ersten sexuellen Erfahrungen miteinander geteilt, leider dabei viel zu früh Davina produziert ...«

Ina riss erschrocken die Augen auf. »Heißt das, du bereust es?«

Ich schüttelte genervt den Kopf. »Das wollte ich damit nicht sagen. Aber manchmal wünschte ich mir, wir wären einfach später Eltern geworden, hätten unser beider Leben noch ein bisschen genießen können.«

Räuspernd zupfte ich eine imaginäre Fluse von der Jeans. »Ich denke, dass wir Davina so früh bekommen haben, ist vielleicht mit Schuld an unserer Entzweiung. Wer weiß, ob wir ohne Kind überhaupt so lange zusammengeblieben wären.«

Ina presste die Lippen aufeinander, sodass ihr Mund einer schmalen Linie glich.

»Vermutlich hast du recht. Wir haben uns auseinandergelebt und der Laden war nur ein Verstärker. Als du dann fremdgegangen bist, hat uns das beiden vor Augen geführt, dass in unserer Beziehung was nicht stimmt.« Ich konnte nicht sagen, ob die plötzliche Erkenntnis es ausgelöst hatte, aber mein Herz fühlte sich irgendwie leichter an. Womöglich sogar erleichtert.

Ina schluchzte los. »Es tut mir so leid. Hätte ich mich damals nur nicht auf Alexander eingelassen. Dann wären wir vielleicht noch zusammen.« Selbst während ihrer Beichte, noch bei unserer Scheidung hatte meine Ex jemals so ein bedauernswertes Bild abgegeben. Sie tat mir richtiggehend leid. Anscheinend bereute sie ihr Handeln wirklich, denn ihre Tränen waren echt.

Ich stand von der Couch auf und lief zu ihr hinüber. Dann hockte ich mich vor sie hin. »Ehrlich gesagt, habe ich immer gedacht, wir hätten es mit einer Paartherapie schaffen können. Aber so langsam glaube ich, dass wir beide uns in unserer Beziehung langsam aber sicher in verschiedene Richtungen entwickelt haben.«

Sie wischte sich mit der flachen Hand die Tränen aus dem Gesicht. »Meinst du nicht, wenn meine Affäre womöglich nicht gewesen wäre, hätten wir noch was retten können?« Ehrlich gesagt, war ich mittlerweile ziemlich davon überzeugt, dass in diesem Moment nichts unsere Ehe hätte retten können, da unsere Liebe schon lange vorher gestorben war.

»Tut mir leid, Ina. Was gewesen ist, ist gewesen. Da nützt es auch nichts sich Gedanken darüber zu machen, wie es wohl gewesen wäre. Du weißt doch, wenn das Wörtchen ›wenn‹ nicht wäre ...«

Sie lachte auf. »Ich weiß, ja, aber kannst du mir nur bitte meinen Fehler endlich verzeihen? Dich mir gegenüber wieder normal verhalten?« Für einen Moment zögerte ich. Könnte man den größten Vertrauensmissbrauch, den ein Partner einem zufügen kann, überhaupt jemals verzeihen?

Ich nahm sie in den Arm. Im selben Augenblick, als sie ihren Kopf an meine Schulter legte, wusste ich, dass ich ihr schon verziehen hatte und es vorbei war.

»Ich glaube, ich weiß, warum wir uns nicht schon früher getrennt haben«, fragte ich sie. Ina schüttelte den Kopf. »Wir mussten doch noch Davina in die Welt setzen«, sagte ich leise.

KAPITEL 23

MONA

Da mein Computer in der Reparatur war, konnte ich am ersten Weihnachtsfeiertag nicht schreiben. Nach meiner morgendlichen Runde mit Pinot durch den Park machte ich es mir daher im Sessel gemütlich und widmete mich dem historischen Roman, den Lisa mir geschenkt hatte. Doch immer wieder drifteten meine Gedanken zu David ab. Was er jetzt wohl gerade tat? Vielleicht frühstücken oder auch lesen?

Lisa wollte unbedingt, dass ich ihn zu ihrer geplanten Silvesterparty einlud, zu der ich gehen würde. Allerdings hatte ich außer der Ladenadresse ja keinen weiteren Kontakt finden können. Auch nicht im Internet, dem ja sonst nichts verborgen blieb. Mit Pinot war ich sogar mittags am Laden vorbeigelaufen, doch natürlich war alles dunkel und David nicht da. Klar, er hatte mir ja auch gesagt, er wolle die Weihnachtszeit mit seiner Familie verbringen.

Somit legte ich den dicken Schmöker irgendwann weg und begann die weihnachtlichen Reste von gestern wegzuräumen. Dabei kam mir plötzlich eine Idee für ein neues Buch, das ausnahmsweise in der Gegenwart spielte. Und wie das so mit neuen Ideen ist, wenn sie mich finden, muss ich sie gleich festhalten.

Innerhalb einer Stunde hatte ich den groben Plot für das neue Buch und sogar ein erstes Exposé per Hand geschrieben, das mir richtig gut gefiel. Am liebsten hätte ich sofort angefangen zu schreiben, doch das ging ja nicht. Aber ich wusste, ich würde es schreiben, sobald mein Rechner wieder da war. Und dann würde ich mit meinem Chick-Lit-Roman, der im Modelbusiness spielen sollte, ganz neue Verlagswege beschreiten. Ich war so begeistert, dass ich gleich meine Agentin anrufen musste. Ich konnte ja vorgeben, ihr frohe Weihnachten wünschen zu wollen. Diese Gelegenheit konnte ich gleich nutzen, ihr von dem neuen Projekt zu erzählen und ihr die Hiobsbotschaft des kaputten Rechners mitzuteilen. Irgendwann müsste ich es ja tun. Dann doch lieber früher als später.

Fünf Minuten später hatte ich Vera auch gleich an der Strippe.

»Sag mal, wann gedenkst du mir endlich das fertige Manuskript zu schicken? Du weißt, der Countdown läuft.« Meine Agentin klang angespannt. Konnte ich irgendwie sogar verstehen. Zweimal hatte ich bereits den Termin der Abgabe verschieben müssen, da ich einfach kein Ende bei der Überarbeitung hatte finden können.

Konnte ich ja nie. Eigentlich müsste sie das aber auch langsam wissen.

Ich seufzte auf. Vielleicht sollte ich ihr jetzt einfach reinen Wein einschenken. Im Prinzip redeten wir ja nur von einer kurzen Verlängerung einiger weniger Tage oder? »Flipp jetzt bitte nicht aus. Leider kann ich dir das Manuskript erst Anfang oder Mitte Januar schicken. Mein Rechner ist kaputt und in Reparatur.« Unwillkürlich zog ich die Schultern ein.

»Wie, dein Rechner ist in der Reparatur? Warum?«

»Er geht nicht mehr an. Der Reparaturdienst meinte, es könnte vielleicht das Motherboard sein.«

Vera atmete auf. »Ach so. Dann kannst du ja auch keine Mails versenden. Dann schick es mir doch einfach per CD oder USB und ich leite das dann direkt an den dp Verlag weiter.«

Ich schwieg. Leider viel zu lange.

»Du hast doch eine Sicherheitskopie gemacht, oder?«

»Ähem …«, ich hüstelte verlegen. »Also … du weißt ja … ich und meine Organisation … und …«

Der Schrei, der augenblicklich durch den Hörer drang, ließ mein Trommelfell vibrieren.

Vera schnaufte nun lautstark in den Hörer. Anscheinend schäumte sie vor Wut. Ich war froh, dass sie mehrere Hundert Kilometer weit weg wohnte. »Weißt du was, Mona? Jetzt reicht es mir. Ich kündige den Vertrag mit dir. Ehrlich gesagt habe ich keine Lust mehr, dir ständig auf die Füße treten oder dir deinen Autorenpopo pudern zu müssen. Wirklich.«

»Aber das Manuskript ist doch fertig. Ich muss nur warten, bis der Rechner wieder da ist«, versuchte ich, sie zu beschwichtigen.

»Und was, wenn bei der Reparatur wichtige Daten verloren gehen? Oder es nicht das Motherboard ist, sondern es deine Festplatte zerhackt hat? Was ist dann?«

In Gedanken sah ich Vera am anderen Ende vor Wut explodieren.

»Vera, bitte. Ich gelobe Besserung. Der Techniker hat mir sogar vorgeschlagen, mir ein NAS-Laufwerk zu installieren, das jeden Tag automatisch eine Sicherung macht. Sein Angebot werde ich annehmen, in Ordnung? Und das nächste Mal halte ich mich auch wirklich an den Abgabetermin. Ich schwör's dir.«

»Das löst aber nicht das Deadline-Problem des jetzigen Vertrages. Immer wieder hechele ich dir mit der Abgabe der Manuskripte hinterher. Eigentlich ist es deine Pflicht, dich um die Einhaltung von Fristen zu kümmern. Meine Aufgabe ist es, die Aufträge an Land zu ziehen, mich um die Verträge zu kümmern und zu zusehen, dass der Verlag dich ordentlich bezahlt. Dem komme ich nach, aber was ist mit dir?«

Mir schien, Vera wollte gar nicht mehr mit mir zusammenarbeiten. Ich konnte sie irgendwie verstehen. In den letzten Jahren war ich wirklich etwas anstrengender geworden.

»Dann kündige mir. Vielleicht ist es wirklich besser, langsam mal eine andere Richtung einzuschlagen.« Mit diesen Worten beendete ich seufzend das Gespräch und legte das Handy enttäuscht zurück auf den Schreibtisch.

Pinot kam angerannt. Er hielt mir demonstrativ die rote Leine hin. Ich wuselte ihm über den Kopf. »Hast recht, Süßer, wird mal wieder Zeit für frische Luft.«

Als ich, rein zufällig natürlich, bei David am Laden vorbeilief, konnte ich im hintersten Teil des Ladens etwas Licht erkennen. Ich trat näher an die Scheibe heran und tatsächlich – schemenhaft waren seine Umrisse zu sehen. Mein Herz wummerte los. Der Kerl, der sich über die Weihnachtstage heimlich in mein Herz geschlichen hatte, war über etwas gebeugt und trug eine Vergrößerungslupe auf dem Kopf. Aber hatte er nicht gesagt, er wolle die Tage nicht arbeiten?

Ich hatte bereits die Hand erhoben, damit ich an die Tür klopfen und ihn danach fragen konnte, doch ganz plötzlich verließ mich wieder der Mut. In Sachen Liebe war ich ja ein gebranntes Kind. Die Sache mit Leon hatte ich immer noch nicht ganz vergessen. Wie konnte ich damals bloß so blind sein? Wie konnte es sein, dass mein Freund die ganze Zeit auf meine Schwester scharf war? Und wie konnte ich mir sicher sein, dass er mich nicht hintergehen würde? Immerhin hatte er schon ein Kind und lebte in Trennung oder so etwas.

Zudem war ich auch noch ein schüchternes Kind. Während Lisa, die Sexgöttin, immer genau wusste, was Frau in solchen Situationen sagen oder tun musste, war ich doch eher der Bauerntrampel, der mit sicherem Geschick immer die richtigen Fettnäpfchen traf. Und aufdringlich wollte ich natürlich auch nicht erscheinen. Sonst würde David nachher noch vermuten, es ginge mir nur um meinen Rechner.

Aus diesen Gründen ließ ich die Hand wieder sinken und schlug deprimiert den Weg nach Hause ein. Besser ich würde mich auf das konzentrieren, was ich am besten konnte – Bücher schreiben. Damit konnte ich keinem wehtun. Und mir selber am wenigsten.

***

DAVID

Während ich den Rechner von Mona Seidel aufschraubte, versuchte ich, die Gedanken an Ina zu verdrängen. Das Gespräch mit ihr hatte mich trotz allem aufgewühlt. Insbesondere ihre Frage, was gewesen wäre, wenn ... Ich wollte aber nicht mehr darüber nachdenken, was hätte sein können. Es war, wie es war. Aus und vorbei. Und das war in meinen Augen auch gut so.

Nachdem ich das untere Gehäuse des Laptops abgenommen hatte, betrachtete ich das Mainboard genauer. Wenn der Rechner ohne ersichtlichen Grund keinen Mucks mehr machte, war es häufig defekt. Doch zu sehen war nichts. Keine Flüssigkeiten, keine Fremdeinwirkung. Es roch etwas verbrannt, was mich vermuten ließ, dass es durchgeschmorrt war.

Zehn Minuten später war ich mir sicher. Das Mainboard hatte einen weg. Das würde Mona Seidel sicher nicht freuen, allerdings musste ich bei der Reparatur auch bemerken, dass ihr Laptop ein ziemlich altes Möhrchen war. Wichtig war jetzt nur noch die Festplatte, auf der sich ihr Manuskript befand. Wenn es ein Kurzschluss gewesen war, konnte es sein, dass auch die Festplatte etwas abbekommen hatte. Und dann wäre das Manuskript dahin. Geschmolzen wie eine Schneeflocke auf einer warmen Windschutzscheibe.

KAPITEL 24

Fichten, Lametta und Kerzenlichter,
Bratäpfelduft und frohe Gesichter,
die Freude des Schenkens, das Herz wird so weit.
Allen eine besinnliche Weihnachtszeit!

– Verfasser unbekannt –

MONA

Gerade als ich den groben Charakterbogen meiner Protagonistin auf ein Plakat übertragen hatte, klingelte es an der Tür. Pinot stürmte kläffend in die Diele vor und ich erhob mich vom Fußboden, um zu öffnen.

Als ich jedoch sah, wer da draußen auf meiner Fußmatte stand, fiel mir vor Verblüffung glatt die Kinnladen nach unten. »Oh … äh … hallo, Herr Haim. Was machen Sie den hier?«

Der Techniker lächelte mich an. Seine Wangen waren gerötet vom eisigen Wind, seine Haare zerzaust und die samtvorhanggrünen Augen musterten mich intensiv. Er hielt einen Karton unter den Arm geklemmt, den er mir nun anreichte.

»Ich hatte heute etwas Zeit und habe mir gedacht, ich schaue mir Ihren Laptop mal an. Sie schienen mir, was Ihr Manuskript betrifft, ziemlich verzweifelt.«

Ich strich mir verlegen das Haar hinter die Ohren und griff zu dem Paket. Unsicher stand ich nun dort auf der Schwelle und wusste nicht recht, was ich tun sollte. Spontan trat ich dann aber einen Schritt beiseite. »Möchten Sie vielleicht auf einen Kaffee hereinkommen?«

»Danke, aber ich muss noch fahren«, gab David zurück und zwinkerte mir zu.

Ich musste lachen. »Sie können aber auch gerne einen Tee, das Spülwasser von Heiligabend oder einen Glühwein mit Zimt haben«, scherzte ich.

Er grinste spitzbübisch und seine Augen leuchteten auf. »Vielleicht nehme ich dann doch lieber einen Glühwein. Eine Tasse kann ich ja trinken und zur Not lasse ich das Auto einfach stehen. Ich wohne gleich hier in der Nähe.« Langsam stieg er die Stufen zu mir hoch.

Ich eilte voraus ins Wohnzimmer und legte den Karton auf dem Couchtisch ab. Pinot begleitete ihn hüpfend.

»Fühlen Sie sich wie zu Hause«, rief ich ihm zu, während ich in die Küche lief, um den Glühwein aufzusetzen.

Als ich zurück ins Wohnzimmer kam, hatte er bereits das Paket ausgepackt. Auf dem Tisch stand jedoch ein ganz anderer Laptop. Der da war schwarz.

Vor Schreck zuckte ich zusammen. »Das ist aber nicht mein Laptop«, rief ich und kam eilig auf den Tisch zu. »Meiner war silber, da müssen Sie sich vertan haben.«

David nickte betreten. »Ich weiß, aber Ihrer war wirklich nicht mehr zu retten. Das Mainboard war kaputt. Vermutlich ein Kurzschluss.«

Bekam bei einem Kurzschluss nicht auch meist die restliche Elektronik einen weg? Augenblicklich wurde mir schlecht und meine Beine begannen zu zittern. Oh Gott, mein Manuskript. Ich ließ mich stöhnend auf den Sessel gegenüber dem Couchtisch sinken. Vera hatte mal wieder recht behalten. Verdammt, warum hatte ich bloß keine Dasi gemacht, ich dumme Nuss. Das war's dann wohl mit dem historischen Bestseller. »Mein Verlag wird mich kreuzigen«, stammelte ich leise.

Davids Miene drückte echte Betroffenheit aus. »Wie lange schreiben Sie für gewöhnlich an so einem Buch?«

Ich zuckte mit den Schultern »Kommt drauf an. An diesem habe ich knapp ein Dreivierteljahr gesessen. In Vollzeit. Allein die Recherche hat mich drei Monate gekostet.«

Als ich die Worte laut aussprach, wurde mir bewusst, wie viel Arbeit ich mit dem verlorenen Manuskript zum Fenster hinaus katapultiert hatte. Dabei hätte ich das alles verhindern können, mit vermutlich nur zwei Mausklicks.

Der Techniker schaltete den neuen Rechner ein, auf dem kurz darauf das Microsoft-Logo auftauchte. »Und wo ist dann das Problem, statt zu schreiben, eben kurz eine Datensicherung dazwischen zu schieben?«

Ich seufzte auf und mir kamen die Tränen, wenn ich an die rund sechshundert geschriebenen Normseiten dachte. »Keine Ahnung, ich nehme es mir ja ständig vor. Aber dann vergesse ich es wieder, weil mir immer noch etwas zur Geschichte einfällt, was ich unbedingt einfügen muss.«

Meine Stimme eierte wie bei einem defekten Tonband. Doch vor David wollte ich nicht in Tränen ausbrechen. Deshalb drängte ich sie tapfer zurück und straffte die Schultern. »Okay, dann kann man halt nichts machen. Ich werde morgen einfach meinen Verlag anrufen, den Fehler beichten und denen sagen, dass ich den Vorschuss zurückzahle. Punkt.«

David nickte mir zu und tippte etwas auf der Tastatur ein. »Ich habe Ihnen jedenfalls einen neuen Rechner aus guten Ersatzteilen zusammengebastelt. Dieser hier hat viel mehr Arbeitsspeicher als Ihr alter und auch eine wesentlich größere Festplatte.«

Betrübt sah ich ihm dabei zu, wie er mir stolz den neuen Rechner mit seinen Funktionen präsentierte. Leider konnte ich mich darüber nicht so richtig freuen, da ich immer noch um mein verlorenes Manuskript trauerte. Um mir heimlich ein paar Tränen aus den Augenwinkeln wischen zu können, lief ich in die Küche, um angeblich nach dem Glühwein zu sehen. Während ich über dem Herd gebeugt den Teelöffel Zimt und etwas geriebenen Lorbeer zu dem Glühwein gab (eine Rezeptur meiner Oma), tropften einige meiner Tränen sogar hinein. Aber David würde den Unterschied sicher kaum schmecken.

Mit zwei Tassen in der Hand kam ich wenig später und gequält lächelnd zurück. David Haim krabbelte derweil auf meinem Fußboden herum und stöpselte etwas an meiner Internetbox an. Pinot lag neben ihm und beobachtete genau, was der fremde Kerl da tat.

Der Anblick eines fremden Mannes in meinem heiligen Reich war ungewohnt. Aber dennoch irgendwie schön. Auch wenn seine Anwesenheit einen unschönen Aspekt mit sich trug. In diesem Moment musste ich an Lady Chatterley denken und wie sie dem Drängen von Lord Worthington nachgegeben hatte. Tränen stiegen wieder in mir auf. Tränen um mein verlorengegangenes Manuskript. Um die verloren gegangene Liebe von Worthington und Chatterley ... Wie traurig war ich oft, wenn ich eine Geschichte zu Ende gelesen hatte, die lieb gewonnenen Protagonisten verlassen musste, das Buch ins Regal stellte oder den E-Reader ausschaltete, aber ein Buch zwischen lauter Bits und Bytes unwiederbringlich zu verlieren – ich war untröstlich.

Mit den zwei Tassen in der Hand stand ich immer noch da und sah ihm dabei zu, wie er eine kleine weiße Box anstöpselte. Und ganz plötzlich kam mir ein Gedanke. Mutter würde vermutlich sagen: Du musst nur das Positive an der Sache sehen. Wenn du deinen Rechner nicht geschrottet und das Manuskript verloren hättest, würde David jetzt sicher nicht auf deinem Parkett herumrobben. Und sie hätte vollkommen recht damit. Und was hatte mein Vater früher immer zum Besten gegeben? Ist dir einer zugedacht, wird er dir nach Haus gebracht.

Ich seufzte leise auf. Vielleicht sollte ich das Manuskript einfach abhaken, was Neues schreiben und das Positive daran sehen. Ohne das weihnachtliche Chaos hätte ich David tatsächlich nicht kennengelernt.

»Ich habe Ihnen ein NAS-Laufwerk installiert, das über WLAN Zugriff auf Ihren Rechner hat. Das Laufwerk werde ich so einstellen, dass es alle vierundzwanzig Stunden automatisch eine Kopie Ihrer gesamten Festplatte zieht. Wenn dann etwas verloren geht, ist es nicht ganz so dramatisch.« Er blickte lächelnd zu mir auf.

»Hier«, ich hockte mich zu David auf den Boden und hielt ihm die Tasse mit dem Glühwein hin. Er nahm sie dankend an sich.

»Übrigens, ich bin Mona, die chaotische Autorin«, sagte ich sarkastisch.

Er lächelte mich an. »David, der sicherheitsliebende Computerfreak.«

Wir beide lachten auf, stießen mit dem Glühwein an und tranken einen Schluck. Über den Rand der Tasse hinweg sahen wir uns in die Augen, womit die Weihnachtsliebesengel in meinem Bauch plötzlich loszuflattern begannen. Zum Glück saßen wir auf dem Boden. Mit den weichen Knien, die sein Anblick bei mir verursachte, hätte ich nie und nimmer stehen können. Wenn ich meinen Liebesroman verloren hatte, war es vielleicht Zeit, meine eigene Liebesgeschichte weiterzuschreiben.

»Ach, übrigens«, sagte David, als er seine Tasse auf den Boden abstellte, um weiter an dem Laufwerk zu schrauben. »Auf der Festplatte des neuen Rechners sind auch die Daten deiner alten Festplatte. Ich habe sie dir allesamt überspielt.«

»Äh ... aber ... äh ... du hattest gesagt, der Rechner wäre kaputt.«

David begann spitzbübisch zu grinsen. »Das Motherboard ja, aber deine Festplatte war völlig in Ordnung. Glück im Unglück würde ich sagen.«

Empört stellte ich die Tasse weg und krabbelte aufgeregt zum Rechner rüber. Mein Herz schlug mir bis zum Halse. »Warum hast du das denn nicht gleich gesagt? Ich habe in den letzten zwanzig Minuten Höllenqualen wegen meines verlorenen Buches gelitten.« Die Tränen, die den Glühwein gewürzt hatten, verschwieg ich wohlweislich.

David lachte. »Du weißt doch, wer nicht hören will, muss eben fühlen. Sagt meine Mutter immer. Ganz bestimmt wirst du nun nie wieder vergessen, eine Dasi zu machen.«

Ich warf ihm einen belustigten Blick zu. »Wie auch, du installierst mir ja gerade etwas, das diese Aufgabe zukünftig für mich übernimmt, richtig?«

Nun warf David mir einen belustigten Blick zu. »Stimmt auch wieder.«

Zu gerne wäre ich ihm um den Hals gefallen.

Einige wenige Klicks später hatte ich nicht nur das Manuskript gefunden, sondern auch gleich das WLAN installiert und den Roman per E-Mail an meine Agentin weitergeleitet. Auch wenn für mich feststand, dass ich mir definitiv eine neue Agentur suchen und es auch mal mit einem neuen Projekt probieren würde, musste ich den Vertrag mit dem Verlag einhalten. Und das hatte ich nun erfolgreich getan. Zum Glück. Ich hätte nämlich nicht gewusst, wie ich den Vorschuss zurückzahlen sollte.

Mein Herz, das nun vermutlich um alle Gebirge dieser Welt erleichtert war, beruhigte sich langsam wieder. Aber es gab da noch eine Sache, die ich im neuen Jahr verändern wollte – meine zurückhaltende Einstellung zum Thema Beziehung. Außerdem hatte ich mein männliches Weihnachtsgeschenk ja gefunden – David.

Auf allen vieren krabbelte ich schließlich zu ihm, meinem persönlichen Digitalhelden, rüber, der gerade zwei Kabel mit einer Lüsterklemme verband. Ich hockte mich neben ihn.

»David?«

Er richtete sich auf und sah mich an. »Was ist?«

Ich erinnerte mich an das Gefühl von vorhin, ihn spontan umarmen zu wollen. Aber ich beugte mich vor und gab ihm einen schnellen Kuss auf die Wange.

Überrascht riss er die Augen auf. »Oha, wofür war der?«

»Für mein gerettetes Manuskript.«

Seine Miene wurde schlagartig ernst. »Ich hoffe, du hast mich nicht nur wegen deines Manuskripts geküsst.«

Ich schüttelte den Kopf. »Auch weil ich dich mag.« Erneut beugte ich mich zu ihm herüber und drückte sanft meine Lippen auf seinen Mund. Mein persönlicher Techniker ergriff die Chance und zog mich näher zu sich heran. Seine Lippen spielten schließlich zärtlich mit meinen, bis uns beiden irgendwann die Luft wegblieb.

Aufseufzend löste ich mich von ihm und sah ihm in die Augen. »David? Hast du an Silvester eigentlich schon was vor?«

Er lächelte mich verschmitzt an. »Sorry. Da bin ich leider schon verabredet. Mit einer chaotischen Autorin, die nicht dazu kommt, Datensicherungen ihrer wertvollen Manuskripte zu machen.«

Und da wusste ich, das nächste Jahr würde sicher spannend werden. Nicht nur was mein Autorenleben betraf. Heißt es nicht immer neues Jahr, neues Glück?

»Schade«, flüsterte ich. »Ich habe nämlich scheinbar eine Schwäche für datensicherheitsliebende Computertechniker und Glühwein mit Kuss.«

»Was für ein Zufall.« David zog mich lachend zurück in seine Arme. »Glühweinküsse mag ich auch.«

- Ende -